Maggie Cox

El sabor del pecado

Editado por Harlequin Ibérica.
Una división de HarperCollins Ibérica, S.A.
Núñez de Balboa, 56
28001 Madrid

El sabor del pecado, n.º 2418 - 7.10.15
Título original: A Taste of Sin
Publicada originalmente por Mills & Boon®, Ltd., Londres.

I.S.B.N.: 978-84-687-6738-3
Depósito legal: M-25822-2015
Impresión en CPI (Barcelona)
Fecha impresion para Argentina: 4.4.16
Distribuidor exclusivo para España: LOGISTA
Distribuidor para México: CODIPLYRSA
Distribuidorcs para Argentina: Interior, DGP, S.A. Alvarado 2118.
Cap. Fed./Buenos Aires y Gran Buenos Aires, VACCARO HNOS.

Capítulo 1

ROSE estaba parada ante la ventana, hipnotizada por la lluvia que no había parado en toda la mañana, cuando un reluciente Mercedes negro se detuvo delante de la tienda de antigüedades.

Parecía una escena de una película, se dijo con el corazón acelerado, mientras esperaba que bajara del vehículo el visitante que había estado esperando... Eugene Bonnaire.

Hasta su nombre le daba escalofríos. Era uno de los empresarios más ricos del país y le precedía su fama de hombre sin escrúpulos. Cuando el jefe de Rose, Philip, había sacado a la venta la preciosa tienda de antigüedades situada enfrente del Támesis, el señor Bonnaire había demostrado su interés al instante.

De nuevo, Rose deseó que su jefe estuviera allí, pero, por desgracia, Philip estaba ingresado en el hospital. En su ausencia, le había pedido a ella que se ocupara de la venta en su nombre.

Era un momento agridulce para Rose. Después de haberse pasado años trabajando para Philip, había llegado a albergar la esperanza de poder dirigir su negocio algún día. Además, estaba enamorada de aquel lugar. Por eso, su predisposición hacia el potencial comprador no era demasiado positiva.

Por la ventana, vio cómo el chófer abría la puerta del pasajero y bajaba del coche un hombre con un impecable traje de corte italiano. En cuanto posó la vista en su fuerte mandíbula y sus ojos de color azul cristalino, contuvo el aliento. De forma inexplicable, tuvo la sensación de que estaba a punto de enfrentarse a su mayor miedo y, al mismo tiempo, su mayor deseo.

Obligándose a salir del trance en que había caído contemplando al recién llegado a través del cristal, se alisó el vestido y se acercó a la puerta. Cuando abrió, se dio cuenta de que la altura de su visitante la hacía parecer casi diminuta.

–¿Eugene Bonnaire? –dijo ella, levantando la vista hacia él–. Adelante. Soy la ayudante del señor Houghton, Rose Heathcote. Me ha pedido que lo reciba en su nombre.

El atractivo francés entró. Estrechó la mano de Rose con una elegante inclinación de cabeza.

–Encantado de conocerla, señorita Heathcote. Aunque siento que su jefe esté enfermo. ¿Puedo preguntar cómo se encuentra? –inquirió el recién llegado con cortesía.

Antes de responder, Rose cerró la puerta y colocó el cartel de *Cerrado* fuera para que no los molestaran. Mientras, aprovechó para intentar recuperar la calma. El contacto de su mano y el sonido grave y aterciopelado de su voz le habían puesto la piel de gallina. Esperaba no haberse sonrojado demasiado o, al menos, que él no se hubiera dado cuenta.

–Me gustaría poder decir que está mejor, pero el médico me ha comunicado que todavía se encuentra en estado crítico.

–*C´est la vie*. Así son las cosas. Pero deseo que se mejore.

–Gracias. Se lo diré de su parte. Bueno, ¿ahora quiere acompañarme a la oficina para comenzar la reunión?

–Antes de hablar de nada, me gustaría que me mostrara el edificio, señorita Heathcote. Después de todo, he venido por eso.

Aunque había acompañado sus palabras con una encantadora sonrisa, era obvio que estaba ante un hombre que no se dejaba distraer de su objetivo, por muy educado que fuera, se dijo ella. Y su objetivo en ese momento era decidir si quería comprar la tienda de antigüedades o no.

–Claro. Será un placer.

Rose lo guio a la planta alta, hacia tres grandes salas que estaban abarrotadas de obras de arte y antigüedades. Hacía un poco más de frío allí arriba. Frotándose los brazos que el vestido sin mangas dejaba al descubierto, se arrepintió de no haber tomado su chaqueta de la oficina.

–Son habitaciones muy espaciosas, teniendo en cuenta lo viejo que es el edificio –señaló ella–. Espero que le guste lo que ve, señor Bonnaire.

Con una ligera sonrisa, su interlocutor levantó la vista hacia ella.

Entonces, cuando sus miradas se encontraron, Rose pasó los segundos más excitantes de su vida. Deseó haber hecho una elección más afortunada de palabras. Por nada del mundo había querido invitar a un hombre como aquel a mirarla. ¿Acaso él pensaba que lo había dicho con segundas intenciones? Según la prensa del corazón, Eugene Bonnaire tenía debilidad por las mujeres extremadamente bellas y ella sabía que no se encontraba, ni de lejos, dentro de esa categoría.

–Por ahora, me gusta mucho lo que veo, señorita Heathcote –contestó él, sin apartar la vista.

–Me alegro –repuso ella, mientras su temperatura subía al instante–. Puede tomarse el tiempo que quiera para observarlo todo.

–Eso haré, se lo aseguro.

–Bien.

Bajando la mirada, Rose se cruzó de brazos, tratando de pasar lo más inadvertida posible. Minutos después, se sorprendió a sí misma contemplándolo de reojo mientras él examinaba la sala con detenimiento. De vez en cuando, él se ponía en cuclillas para comprobar en qué estado estaban las paredes o tocaba las vigas de madera de la habitación. Era fascinante ver cómo pasaba sus fuertes y grandes manos por la madera y daba golpecitos ocasionales en la pared con los nudillos.

Por una parte, ella comprendía que quisiera comprobar en qué estado se encontraba el edificio en el que quería invertir. Sin embargo, le resultaba preocupante que no mostrara interés alguno por el contenido de la sala. Philip le había dicho que tenía urgencia por vender su empresa, pues su débil salud le iba a obligar a retirarse y pagar interminables facturas médicas. Aunque su jefe también contaba con traspasar el negocio de las antigüedades al mismo comprador.

Sumida en aquellas reflexiones, el peso de la responsabilidad que había asumido al aceptar ocuparse de la venta le resultó todavía mayor.

–Discúlpeme, pero la he visto tiritar un par de veces –comentó de pronto el visitante–. ¿Tiene frío? Quizá quiera ir abajo a por su chaqueta, Rose...

Cuando la recorrió otro escalofrío, no fue por la temperatura de la sala, sino por lo íntimo que había sonado su nombre en los labios de Eugene Bonnaire.

La noche anterior, para prepararse para la entrevista, había buscado información sobre él en Internet. Al parecer, era un hombre implacable y con un insaciable apetito de éxito. Se decía que iba siempre tras lo mejor de lo mejor, sin importarle cuánto costara. Además, tenía fama de mujeriego y era conocido por salir con las mujeres más impresionantes.

No podía bajar la guardia ni un momento, se dijo Rose. De ninguna manera iba a dejar que el encanto de aquel hombre la influyera a la hora de cerrar ningún trato de negocios.

–Creo que eso voy a hacer –contestó ella sin titubear–. Si quiere ver las otras salas que hay en esta planta, puede hacerlo Volveré enseguida.

Con una cortés inclinación de cabeza, Eugene Bonnaire asintió y, luego, volvió su atención al edificio.

Poco después, cuando Rose regresó, él estaba en la habitación más alejada, donde se guardaban los artículos de más valor. Le sorprendió encontrarlo admirando una de las vitrinas de cristal donde se guardaban las joyas y se preguntó si lo habría juzgado mal. Quizá, además de en el edificio, él estuviera interesado en continuar con el negocio de antigüedades.

Sin poder evitar sonreír, ella se acercó con curiosidad por saber qué era lo que había despertado su interés. Se trataba de un exquisito anillo de perlas y diamantes del siglo XIX, la pieza más valiosa de la colección.

–Es bonito, ¿verdad?

–Sí, lo es. Se parece mucho al anillo que mi padre le regaló a mi madre cuando su negocio comenzó a despegar –comentó él con aire ausente, y suspiró–. Pero las perlas y los diamantes no eran auténticos, no podría habérselo permitido en aquellos tiempos.

Rose se sintió enternecida por su tono nostálgico. De pronto, le pareció un hombre triste y vulnerable.

–Estoy segura de que a su madre le gustó el anillo tanto como si hubiera sido este mismo. Lo importante era lo que representaba, no lo que costaba –señaló ella y, ante el silencio de él, que seguía absorto contemplando la joya, añadió–: Puede que le interese saber que este anillo se lo regaló la familia de un soldado a una enfermera que asistió a los heridos de la guerra de Crimea.

Eugene posó los ojos en ella, lleno de interés. A Rose se le quedó la boca seca y se estremeció sin poder evitarlo.

–Dicen que cada foto tiene su historia –comentó él–. Sin duda, pasa lo mismo con las joyas. Pero deje que le pregunte algo. ¿Cree que la enfermera en cuestión era muy hermosa y que el soldado herido era un apuesto oficial?

Su pregunta, acompañada por un pícaro brillo en los ojos, tomó a Rose por sorpresa. Inundada de calor, respiró hondo para recuperar la calma y no sonrojarse, mientras le sostenía la mirada.

–Fuera atractivo o no, poco después de que se hubieran conocido, el soldado murió a causa de las heridas. Es una historia muy triste, ¿no le parece? No sabemos si llegaron a quererse, pero la entrega del anillo a la enfermera está documentada en los archivos históricos de la familia.

-Adivino que a usted le gusta pensar que el soldado y la enfermera se amaban, Rose –indicó él, recorriéndola con su intensa mirada.

Sintiéndose en tela de juicio, ella se encogió de hombros.

–¿Por qué no? ¿Quién podría negarles los pequeños momentos de felicidad que podían haber compartido en medio de su terrible situación? Pero la verdad es que nunca sabremos lo que pasó en realidad.

Lo que Rose sí sabía era que tenía que apartarse un poco más de Eugene. Le había subido tanto la temperatura que estaba empezando a sudar.

–Si ya ha terminado de echar un vistazo, podemos ir al despacho para hablar, ¿le parece bien?

–Por supuesto. ¿Puede preparar café?

–Claro. ¿Cómo lo toma?

–¿Cómo cree que me gusta, Rose? A ver si lo adivina.

Si Eugene se había propuesto desarmarla con su tono juguetón, era una buena táctica para hacerla sucumbir, caviló Rose. Después de todo, ¿qué mujer no se sentiría halagada por sus atenciones? Sin embargo, ella no estaba de humor para dejarse seducir con tanta facilidad. Tenía que llevar a cabo una tarea importante. Debía vender la tienda de antigüedades en nombre de su jefe y lograr el mejor trato posible. Nada podía distraerla de su objetivo.

Sin dedicarle ni una mirada más, se giró y se dirigió a las escaleras.

–De acuerdo. Lo más probable es que le guste solo y bien cargado, pero tal vez también quiera un par de cucharaditas de azúcar para endulzarlo. ¿He acertado?

–Estoy impresionado. Pero no vayas a pensar que sabes lo que me gusta en otros aspectos, Rose.

Aunque lo había dicho con tono festivo, a ella no le pasó desapercibido que había empezado a hablarle de tú. Además, intuyó que era una especie de advertencia. Para haber llegado a la cima, Eugene Bonnaire debía de ser experto en conocer las debilidades de las personas que podían suponerle posibles obstáculos para lograr sus objetivos.

Cuando Rose volvió al despacho con el café, Eugene estaba sentado de espaldas a ella. Aprovechó para fijarse en su ancha espalda. También se dio cuenta de que tenía el pelo castaño oscuro con reflejos dorados.

Como si no hubiera sido bastante para captar su atención, un aroma a elegante colonia masculina impregnaba el ambiente. Tras humedecerse los labios con la lengua, Rose dejó la bandeja sobre el escritorio victoriano de madera. Luego, se sentó en una bonita silla tallada que solía ocupar Philip.

Estar cara a cara delante de Eugene Bonnaire no era algo que el pulso de una mujer pudiera resistir. Su rostro era bello y fuerte como el de una escultura de Miguel Ángel. Sin embargo, sus ojos azules no parecían tan cálidos como cuando, en la planta de arriba, le había contado la enternecedora historia del anillo que su padre le había regalado a su madre.

De hecho, mientras la recorría con la mirada, a Rose le recordaron al océano helado de los polos. Un poco alarmada, se sonrojó, preguntándose por qué la observaba así.

Ella nunca se había considerado a sí misma hermosa, por eso, le desconcertaba e inquietaba la penetrante mirada de aquel hombre.

Entonces, Eugene le dedicó otra irresistible sonrisa.

–¿Te importa servir el café? Así podremos comenzar. Tengo una agenda muy ocupada hoy y me gustaría cerrar nuestro trato lo antes posible.

–Lo dice como si hubiera tomado una decisión.

–Así es. Después de haber visto el edificio por dentro, estoy preparado para hacer una oferta.

De inmediato, Rose se percató alarmada de que, de nuevo, él se había referido al edificio, no al negocio de antigüedades. Sintió un nudo en el estómago.

–Me gustaría llegar a un acuerdo hoy –continuó él con tono suave.

Al parecer, Eugene daba por hecho que ella estaría de acuerdo con la venta. ¿No la creía capaz de negarse? ¿Quizá pensaba que podía intimidarla con su riqueza y su estatus?

Mordiéndose la lengua, Rose decidió que era mejor dejar su respuesta para el final. Era mejor escuchar y ordenar sus pensamientos primero.

–Con dos cucharaditas de azúcar, ¿verdad? –preguntó ella, mientras servía el café, consciente de que él observaba todos sus movimientos con atención.

–Eso es.

Evitando su mirada, ella le tendió la taza y se sirvió la suya.

–¿Puede aclararme algo? Se ha referido a la venta del edificio, si no he entendido mal.

–Exacto.

–Discúlpeme, pero creo que mi jefe le ha dejado claro que lo que vende es su negocio de antigüedades, junto con el edificio. Ambas cosas no pueden separarse. ¿Usted no está interesado en la tienda?

–Eso es, Rose. Pero, por favor, puedes llamarme Gene. No sé si lo sabes, pero dirijo una importante cadena de restaurantes y me gustaría instalar aquí uno de ellos. Es una localización perfecta. Además, debo confesar que las antigüedades no me interesan en absoluto. Hoy en día, no dan muchos beneficios. ¿No es esa la razón por la que tu jefe quiere venderla?

Rose se quedó petrificada un momento. Estaba furiosa y avergonzada al mismo tiempo.

–No es necesario ser tan brutal.

–Los negocios son brutales, *ma chère*... no te equivoques.

–Bueno, pues Philip quiere vender porque está enfermo y ya no tiene energías para dirigir su negocio. La tienda de antigüedades siempre ha sido su mayor orgullo y le aseguro que, si se encontrara bien, no la vendería por nada del mundo.

Eugene suspiró.

–Ya. Pero supongo que, como resulta que está enfermo, quiere aprovechar la oportunidad para conseguir todo el dinero que pueda con la venta, mientras sea posible. ¿No es así?

Rose volvió a sonrojarse. Le temblaban las manos. No podía tomar ninguna decisión importante en ese estado. Sin embargo, Eugene había acertado. Philip necesitaba vender. Aunque también esperaba que el negocio perviviera y, si ella no lograba conseguirlo, le habría fallado a su jefe y mentor, al mejor amigo de su padre. Solo podía hacer una cosa.

Recuperando la calma, miró al francés a los ojos.

–Es verdad que el señor Houghton necesita vender, pero como me ha confesado que no le interesa lo más mínimo el negocio de antigüedades y solo quiere el edificio, me temo que no puedo vendérselo a usted. No sería correcto. Siento que no sea lo que tenía planeado y espero que lo entienda.

–No. No lo entiendo. Me interesa el edificio, sí, y estoy dispuesto a pagar por él. ¿Cuántos posibles compradores han llamado desde que tu jefe sacó la tienda a la venta? –preguntó él con mirada heladora–. Adivino que, dada la situación de crisis que vivimos, no muchos. ¿Tal vez yo sea el único? Si fuera tú, Rose, aceptaría mi oferta por el bien de tu jefe. Créeme, él solo te echará en cara haberte atrevido a rechazarla. ¿De verdad quieres perder la fe y confianza que el pobre hombre ha puesto en ti?

Inundada por una oleada de rabia, Rose clavó los ojos en aquel tipo, que ya no le parecía encantador. Al parecer, estaba decidido a hacerse con aquel local situado junto al Támesis a toda costa.

–Creo que ya es suficiente. Le he dado mi última palabra y va a tener que aceptarla –le espetó ella.

–¿De verdad? ¿Y crees que puedes decirle a un hombre de negocios que se rinda tan fácilmente solo porque tú lo digas? –replicó él con tono burlón.

Intentando controlar lo furiosa que le ponía su insolencia, ella se cruzó de brazos.

–No soy quien para decirle a nadie lo que tiene que hacer. Pero conozco a mi jefe y sé lo mucho que la tienda de antigüedades significa para él. Muchas veces me ha dejado claro que quiere traspasarla junto con el edificio y le fallaría si no cumpliera sus deseos. En su nombre, le agradezco su interés, pero nuestra reunión ha terminado. Lo acompañaré a la puerta.

–No tan rápido.

Cuando Eugene se levantó, Rose adivinó que su negativa a vender le había tomado del todo por sorpresa y estaba haciendo un esfuerzo para controlar su enfado. Él no había esperado tener que enfrentarse a una discusión. De todas maneras, ella no estaba dispuesta a dar su brazo a torcer.

–Mira, no he venido a perder el tiempo –continuó él–. He venido por una única razón, para comprar un edificio que está en venta. ¿Es posible que reconsideres tu decisión si acepto comprar las antigüedades también? No dudo que algunas de ellas puedan ser de interés para algún que otro coleccionista.

Su comentario no sirvió para arreglar las cosas. Eugene no quería las antigüedades por su belleza o significado histórico, ni siquiera para continuar con el negocio, sino solo porque estaba pensando en su valor económico, comprendió Rose.

–Algunas son muy valiosas –confirmó ella–. Pero, por desgracia, su propuesta no hace más que demostrar que no tiene interés en las antigüedades. Por eso, no pienso considerar su oferta, señor Bonnaire.

El hombre de negocios se sacó una cartera de cuero de un bolsillo interior de su impecable chaqueta, extrajo una tarjeta de visita y la lanzó al escritorio.

–Cuando hayas tenido tiempo de pensar las cosas sin dejar que tus emociones interfieran, Rose, seguro que quieres llamarme para cerrar un trato. Adiós –dijo él con una gélida mirada.

Ella dio las gracias al Cielo al ver que se iba. Sin embargo, no pudo evitar preguntarse si había tomado la decisión correcta.

De regreso en su oficina, después de un montón de tediosas reuniones, Gene le pidió café a su secretaria y se sentó en su sillón de cuero para reflexionar sobre lo que había pasado. Nunca se había sentido tan irritado y fuera de sí. Y todo porque su maldita oferta de compra había sido rechazada.

Durante años, había admirado la estructura de aquel viejo edificio situado junto al Támesis y había pensado que sería perfecto para un restaurante exclusivo, dirigido a la élite de la sociedad, igual que los dos que poseía en Nueva York y en París.

Recordando su reunión con Rose Heathcote, le pareció sorprendente que aquella mujer no hubiera querido aprovechar la oportunidad de oro que le había brindado. Era obvio que, como ella misma le había dicho, no era una mujer de negocios. Su actitud le había resultado irritante. Sobre todo, cuando había comprendido que había sido imposible convencerla con sus encantos. Por otra parte, admiraba a la tozuda mujer por su determinación y por haberse mantenido firme, a pesar de que sabía que se equivocaba.

Además, había otra cosa que había llamado su atención. Rose tenía los ojos de color violeta más hermosos que había visto jamás. Su pelo azabache y su piel de color marfil la hacían todavía más atractiva. Para colmo, la pasión que había vislumbrado en su interior lo intrigaba y le producía deseos de conocerla mejor, incluso cuando ella se había negado a venderle el edificio. Aunque estaba seguro de que encontraría una manera de persuadirla.

Sí, aprovecharía cualquier oportunidad y haría que aquella propiedad fuera suya. No cejaría hasta lograrlo. Rose solo necesitaba un par de días para reflexionar y darse cuenta del error que había cometido al rechazarlo. Entonces, él volvería a la carga con otra oferta a la que no podría resistirse, planeó. Debía hacerle ver que venderle el edificio era la única forma de que su jefe pudiera retirarse con comodidad y suficiente dinero para el resto de su vida.

Sin embargo, en el fondo de su corazón, Gene se sentía culpable por haber pensado que el dinero iba a ser la respuesta a todos los problemas del señor Philip Houghton.

–Hijo, no siempre puedes arreglar el dolor de una persona con dinero. Ni toda la fortuna del mundo nos habría ayudado a nosotros a superar la muerte de tu hermana. No lo olvides nunca –le había aconsejado su padre en una ocasión.

Al recordar sus palabras, se sobresaltó y, durante unos segundos, se quedó paralizado, como si hubiera explotado una bomba en su interior. Pero no era el momento de pensar en lo mucho que lo había herido la muerte de su hermana.

Los padres de Gene y él veían la vida de forma muy diferente. Él era experto en encontrar soluciones prácticas a la adversidad, mientras que ellos sucumbían a sus emociones y dejaban que los sentimientos dictaran sus reacciones. La idea de comportarse de la misma manera le parecía imposible. Había escuchado a sus padres contar historias sobre su infancia, que había sido muy pobre, sin apenas un bocado que llevarse a la boca, sin modo de calentarse en invierno ni electricidad. Desde pequeño, había aprendido que era esencial tener dinero y, según había ido creciendo, había demostrado tener talento para ganarlo con facilidad.

Satisfecho de su plan para hacerse con la vieja propiedad situada junto al río, Gene se puso en pie, se ajustó la corbata y se dirigió a la puerta.

En la mesa de la secretaria, una rubia despampanante que era prima de un prometedor diseñador parisino, le dedicó una sonrisa más encantadora de lo normal.

–Olvida el café, *ma chère*, y resérvame una mesa para cenar en mi club a las ocho en punto.

–¿Irá acompañado, señor Bonnaire?

–No, Simone. Hoy no.

–Entonces, llamaré al *maître* ahora mismo y le pediré que le reserve su mesa favorita.

–Gracias.

–Es un placer. Me encanta poder hacer cosas para hacerle la vida un poco más fácil –aseguró Simone con una sonrisa que no dejaba lugar a dudas sobre lo que sentía por su jefe.

Al verla, de pronto, Gene hizo una mueca.

–En ese caso, no te importa hacer unas horas extras esta noche, ¿verdad? He dejado una lista de cosas por hacer sobre mi mesa. Buenas noches, Simone. Te veré por la mañana.

Gene estaba más irritado de lo habitual por la actitud obsequiosa de la rubia. No llevaba mucho tiempo trabajando para él, pero parecía muy segura de que, antes o después, se la llevaría a la cama. Sin ir más lejos, el día anterior, la había oído comentándole algo parecido a alguien por el móvil.

–¡Que Dios me proteja de las depredadoras! - murmuró él mientras esperaba con impaciencia al ascensor.

Capítulo 2

MUCHO después de su reunión, Rose seguía sintiendo un extraño cosquilleo por haberse encontrado con Gene Bonnaire. Sentía curiosidad por saber qué le había impulsado a ser como era. Estaba claro que no le había gustado su decisión de no venderle la tienda. Su negativa lo había irritado porque no debía de estar acostumbrado a recibir un «no» por respuesta.

En su casa, esa noche, hizo algunas investigaciones en Internet. Descubrió que Gene era uno de los hombres más ricos de Europa y que había hecho su fortuna al convertir un pequeño restaurante francés de Londres, llamado Mangez Bien, en una famosa cadena que se había extendido por todo el mundo. El local original había pertenecido a los padres de Gene. Los dos eran inmigrantes franceses que se habían establecido en Londres de jóvenes. Habían sabido invertir su pasión por la cocina en un pequeño restaurante que se había granjeado una devota clientela.

Cuando su hijo había cumplido diecisiete años, se había convertido en un excelente chef, cuya ambición había superado a la de sus padres. Había llegado a trabajar en los mejores hoteles de Londres y, gracias a su ingenio para los negocios, había fundado sus propios restaurantes. Mientras había construido su imperio de la restauración, se había labrado la fama de ser bastante frío y agresivo en sus negocios.

Recostándose en el respaldo del asiento, Rose contempló la foto que tenía en la pantalla del ordenador. Había sido tomada en una prestigiosa ceremonia de entrega de premios en Los Ángeles. Aunque Gene estaba imponente en la imagen, su rostro no delataba ninguna emoción por recibir el premio. Más bien, parecía molesto.

El hombre que lo tiene todo gana, una vez más, el oro, rezaba el pie de foto.

–Vaya –murmuró Rose para sus adentros–. Eso no significa que nada de lo que tiene sirva para hacerle feliz. Algo debe de preocuparle... algo de lo que no le gusta hablar.

¿Tendría que ver con el hecho de que su padre no había podido permitirse comprar un anillo de compromiso de diamantes auténticos a su madre?, se preguntó ella. Recordó la expresión de dolor que había acompañado el relato de aquella anécdota, cuando había estado visitando la tienda de antigüedades. Aunque era poco probable que todavía le molestara aquel recuerdo. ¿Le entristecería que, en el pasado, sus padres hubieran pasado penalidades, que la vida no hubiera sido tan fácil para ellos como lo era para él?

Rose suspiró. ¿Por qué estaba pensando tanto en Gene Bonnaire? Todavía tenía que hablar con su jefe y confesarle que había rechazado la oferta de compra del francés.

Sin duda, la noticia sería fuente de ansiedad para Philip. Solo esperaba que comprendiera cuáles habían sido sus motivos y que estuviera de acuerdo con ella. Después de todo, Philip había sido su punto de apoyo cuando su padre había muerto, quedándose a su lado hasta el último momento en su lecho de muerte. Lo último que necesitaba en ese momento, cuando estaba tan enfermo, era verse en la tesitura de vender su tienda de antigüedades a una persona que no tenía ningún interés en su contenido.

Rose apagó el ordenador y se puso en pie, molesta consigo misma por haberse pasado más tiempo del planeado buscando información sobre Gene Bonnaire. En el salón, tomó el libro que había estado leyendo. Era sobre los aztecas, con un fascinante capítulo sobre las joyas que llevaban los emperadores. Hacía poco, habían tenido lugar unos importantes hallazgos en el norte de México que habían despertado su interés. Le habría encantado viajar hasta allí y haber visto con sus propios ojos el tesoro que los arqueólogos habían descubierto. Sin embargo, iba a tener que esperar a que la colección se abriera al público en algún museo.

Después de irse a la cama, se quedó dormida con el libro sobre el pecho y soñó con un emperador azteca que tenía un irritante parecido con Gene Bonnaire.

Como un adicto ansioso por conseguir su próxima dosis, Gene se sentó en la cafetería que había frente a la tienda de antigüedades con el único y obsesivo pensamiento de convertirse en su propietario. El café se le quedó frío mientras, sumido en sus pensamientos, acariciaba la idea de entrar en la tienda y exigirle a Rose Heathcote que aceptara su oferta.

Habían pasado tres días desde su reunión y no había recibido ninguna llamada para decirle que había cambiado de idea. ¿Habría tenido su jefe una oferta mejor de otra persona? La mera posibilidad le producía náuseas. Ansiaba poseer aquel edificio tanto como necesitaba el aire que respiraba y no podía soportar la idea de no lograrlo.

Al mirarse el Rolex, vio que llevaba allí sentado más de media hora, esperando tomar a Rose por sorpresa. Por lo general, tomar a las personas con la guardia baja solía dar sus beneficios. Su intención era invitarla a cenar para poder charlar amigablemente fuera del trabajo y conocerse un poco mejor. Si podía conseguir que confiara en él, no dudaba que acabaría convenciéndola de que le vendiera el edificio.

Sin embargo, Rose no había salido de la tienda ni una sola vez. Y él estaba corriendo el riesgo de que algún paparazzi lo descubriera allí sentado. La prensa estaba deseando mostrarlo como un hombre cruel y sin compasión.

Incluso en sus comienzos, cuando había empezado a tener éxito, se había dado cuenta de que muchas personas estaban celosas de sus logros... y de su riqueza. Por esa razón, la prensa pretendía siempre bajarlo de su pedestal, para que la gente se sintiera un poco mejor con sus propias vidas.

Lleno de impaciencia, miró al cielo. Estaba a punto de empezar a llover. No debería perder más tiempo allí, esperando. Nunca había sido alguien que esperara. Él siempre había propiciado sus propias oportunidades.

Gene puso los ojos de nuevo sobre la tienda. Se llamaba El Diamante Oculto, un nombre bastante absurdo, pensó. Después de todo, si estaba oculto, ¿de qué podía servirle a la gente? Los diamantes deberían estar expuestos para denotar la riqueza de sus propietarios, no escondidos.

Con un suspiro, se levantó. Las gotas de lluvia comenzaban a salpicar la acera. Estaba harto de esperar. Iba a entrar en la tienda para hacerle una oferta más persuasiva a Rose. Si a ella de veras le importaba ayudar a su jefe, debería estar agradecida de tener una segunda oportunidad para arreglar su error.

Rose estaba terminando sus anotaciones en el libro de cuentas cuando oyó la puerta. Se colocó la blusa de seda y se alisó la falda negra antes de salir del despacho, lista para atender a quien suponía sería un cliente de última hora.

Debería haber cerrado la tienda hacía un par de horas, pero había estado demasiado absorta en registrar las ventas del mes, deseando que hubieran sido mejores.

De forma automática, esbozó una sonrisa, preparada para recibir al recién llegado. Sin embargo, la sonrisa se le borró de la cara al ver quién era. ¿Qué estaba haciendo allí Gene Bonnaire? Llevaba vaqueros y una camiseta gris, con chaqueta negra. Pero estaba igual de guapo que con el traje. Fuera, debía de estar lloviendo, pues él tenía los hombros de la chaqueta llenos de gotas de agua, igual que el pelo.

–¿Sueles tener abierta la tienda hasta tan tarde? –preguntó él, optando por mostrarse agradable.

Tensa, Rose se sintió hipnotizada por sus ojos azul cristalino.

–No. Pero estaba ocupada trabajando y no me di cuenta de la hora. ¿Qué puedo hacer por usted, señor Bonnaire? Si espera hacerme cambiar de idea respecto a su oferta, lo siento. No quiero que pierda el tiempo.

–No lo sientas. Solo concédeme unos minutos para que podamos hablar.

–¿Con qué fin?

–¿Por qué no nos sentamos y te lo cuento?

Rose arqueó una ceja.

–Como ya le he dicho, mi decisión es inamovible.

Cuando vio a Gene hacer una mueca, Rose adivinó que le estaba costando mucho mantener la calma. Sus palabras se lo confirmaron.

–No tienes ni idea de lo que es un buen negocio, ¿verdad, Rose? Me gustaría saber por qué tu jefe, Philip Houghton, tiene tanta confianza en ti. ¿Podrías explicármelo?

Entonces, fue ella quien tuvo dificultades para controlar su temperamento.

–Porque me preocupo por él, ¡esa es la razón! No tengo ningún interés oculto, solo quiero hacer lo mejor para él. Y lo mejor para él es vender la tienda de antigüedades entera, a alguien que la ame tanto como él.

–Es una idea muy noble, pero poco realista.

–¿Ha venido solo para decirme lo inepta que me considera, señor Bonnaire? –replicó ella, cruzándose de brazos, furiosa–. Por si le hace sentir mejor, le diré que me he pasado la noche sin dormir por culpa de todo este asunto. Sería muy fácil presentarle su oferta a mi jefe y decirle que ha tenido suerte por poder vender la tienda, recordarle que el negocio de las antigüedades está de capa caída y que debe aprovechar la oportunidad. Pero no podría ser tan cruel. No, cuando sé lo mucho que esta tienda significa para él. Si simplemente estuviera interesado en vender un edificio con encanto en una buena zona, ya lo habría hecho. Pero mi jefe quiere que su negocio perviva. ¿Qué cree que pensaría si yo aceptara su oferta y le confesara que usted no está en absoluto interesado en las antigüedades?

Gene se quedó pensativo. Y sonrió.

–Creo que pensaría que no puede ponerse sentimental. Al final, sin duda, necesitará dinero para pagar la cuenta del hospital. Yo creo que esa es su mayor prioridad, ¿no es así?

Sus palabras tenían perfecto sentido y, de pronto, a Rose se le llenaron los ojos de lágrimas de frustración.

Gene acortó la distancia que los separaba con un par de pasos e impregnó el aire con su exótico y masculino aroma.

–Estás disgustada. ¿Hay algo que pueda hacer? ¿Por qué no vamos al despacho y te preparo una taza de té?

–No quiero té. Lo único que quiero... ¡Solo quiero que se vaya! –gritó ella, sin poder evitar parecer una niña rabiosa. Estaba harta de mantener la compostura.

No obstante, el hombre que tenía delante no se movió. Sus impresionantes ojos azules se tornaron inesperadamente cálidos... incluso, tiernos. Alargó la mano y la posó en el brazo de ella con suavidad.

Con el corazón acelerado, ella se dejó acariciar.

–Tu jefe acertó al pedirte que te ocuparas de la venta de su tienda, Rose. Aunque quizá te cargó con una responsabilidad demasiado pesada. No lo digo para criticarte, pero no tienes talento para los negocios. Comprendo que amas tu trabajo y te gustan las antigüedades, descubrir la historia que esconde cada una...

Aunque él tenía razón, Rose no quiso delatar

cuánto le afectaba su comentario. Sin duda, aquel hombre no tenía piedad y cualquier confesión personal que le hiciera acabaría jugando en su contra.

–Puede ser que mi fuerte no sean los negocios, eso ya lo sé. Pero amo las antigüedades y sé que mi jefe solo quiere vender si su tienda sigue funcionando. Significa mucho para él.

–Por eso, deberías darme un poco más de tiempo y escuchar lo que tengo que decirte, Rose.

–¿Por qué? ¿Va a decirme que ha decidido continuar con su negocio después de todo?

Gene negó con la cabeza.

–No. Siento decepcionarte, pero no voy a hacer eso. No he cambiado de idea al respecto.

–Entonces, no creo que esté interesada en escucharle.

–Si aceptas cenar conmigo esta noche, te lo explicaré.

Aunque la mayoría de las mujeres se hubieran sentido halagadas ante su invitación, Rose solo levantó la barbilla con gesto desafiante, para demostrar que no era una de ellas.

–Gracias, pero no.

–¿Tienes otro compromiso?

–No, pero...

–¿No quieres escuchar lo que tengo que decirte, aun cuando podría ser algo beneficioso para tu jefe?

–¿Cómo puede ser ventajoso para él? Ha dicho que no está interesado en el negocio, que solo quiere el edificio.

Gene Bonnaire clavó en ella su mirada de acero, contrariado.

–Como te he dicho... cena conmigo y deja que te lo explique.

Molesta, Rose se sonrojó.

–Creo que solo es un truco. Si tiene algo que decir que pueda interesarle a mi jefe, dígalo de una vez.

–Muy bien. Aunque siento que no quieras cenar conmigo, te aseguro que no es ningún truco. Lo que pasa es que sé por experiencia que los mejores tratos se cierran con una buena botella de vino y una buena comida –insistió él, usando una de sus más seductoras sonrisas.

–¿De verdad? Pues me temo que no estoy de acuerdo –repuso ella, esforzándose por ser inmune a sus encantos.

–¿No quieres ni siquiera hacer la prueba?

Incapaz de apartar la mirada de sus hipnóticos ojos, Rose titubeó.

–No... yo... no...

Sin embargo, al sentir la radiante mirada de él, su resistencia se derritió. Bajo aquella conversación educada y correcta, sus ojos mantenían una comunicación alternativa, mucho más sensual. Rose no podía negarlo. El irresistible Gene Bonnaire la cautivaba, encendía sus sentidos y le hacía desear satisfacer sus impulsos...

Gene se acercó un poco más con ojos brillantes como el fuego. En un instante, la tomó del brazo y la apretó contra su pecho.

A Rose se le aceleró el pulso a toda velocidad. Lo único que pudo hacer fue quedarse mirándolo. Era innegable que la excitaba aunque, al mismo tiempo, su poderosa presencia la irritaba. Pero era tan fuerte y estaba tan bien formado...

–Que Dios me perdone, pero... –murmuró él con tono grave y sensual.

El tiempo se detuvo tras sus palabras. Su siguiente movimiento fue muy breve, tanto que ella fue incapaz de impedírselo.

Un beso urgente y apasionado la dejó sin respiración, aplastándola contra su pecho. Dejándose llevar, sintió cómo sus labios se movían y la acariciaban. Cautivada por completo, no se le ocurrió en absoluto apartarlo.

Entonces, poco a poco, su cerebro cayó en la cuenta de lo peligroso que era todo aquello y recuperó el sentido. Conmocionada y sorprendida, se zafó del abrazo del francés y se frotó los labios con la mano.

–¡Su arrogancia, Gene Bonnaire, es increíble! –le espetó ella, mirándolo a los ojos–. No sé qué cree que estaba haciendo, pero me parece que es mejor que se vaya.

Rose tenía el corazón acelerado y le ardía el cuerpo. De antemano, estaba segura de que le iba a ser muy difícil olvidar aquel beso.

–No era mi intención besarte, Rose. Pero, por alguna razón, el deseo ha sido más poderoso. Me molesta tanto mi reacción como a ti. Si de veras no quieres venir a cenar conmigo, lo único que me queda hacer es contarte el acuerdo que había pensado proponerte.

Acto seguido, Gene hizo una pausa, como si necesitara tiempo para reorganizar sus pensamientos. Su rostro estaba un poco sonrojado, prueba de que era cierto que el deseo le había resultado irresistible. Aunque Rose tampoco sabía cómo interpretarlo. Ella era una chica normal y él... era un Adonis viviente.

–Sé que es importante para ti conseguir un buen trato para tu jefe. Y le he dedicado bastante tiempo a pensar en cómo podía lograrlo. Esta es mi nueva oferta.

Entonces, Gene se metió la mano en el bolsillo interior de la chaqueta y sacó un trozo de papel. Lo desdobló y se lo tendió a Rose.

Ella se quedó con la boca abierta cuando vio la cantidad que estaba dispuesto a pagar por el privilegio de poseer el edificio. Había doblado su oferta inicial. Durante unos momentos, no supo qué decir.

–Esta cantidad de dinero puede cambiarle la vida a Philip, Rose. ¿Por qué ibas a rechazar la oportunidad de hacer su vida más fácil? Si quisieras persuadirle de que lo mejor es venderme la propiedad, estoy seguro de que él te lo agradecería. Si acepta, podrá vivir el resto de su vida sin preocupaciones. Sin duda, tú también estarás contenta, Rose, porque la salud de tu jefe mejorará. Y, por último, yo estaré complacido, por tener el edificio que deseo.

–Siempre tiene que conseguir lo que desea, ¿verdad? Usted no conoce el sentido del altruismo, ¿me equivoco? No le importa la salud de mi jefe, ni si estoy feliz o no. ¿Por qué iba a importarle? ¡No sabe nada de nosotros! Cuando ve algo que quiere, está dispuesto a hacer cualquier cosa, pagar lo que sea, para conseguirlo. ¿No es así como funciona la gente como usted?

Como única respuesta, Gene se rio. Fue un sonido grave y sensual que le caló a Rose hasta los huesos.

–*Touché*... tienes razón. Eres una mujer inteligente.

–¡No me hable con tono paternalista!

Suspirando, él se cruzó de brazos y la miró con atención.

–Nunca me atrevería a hacerlo. Prefiero tenerte de mi lado a tenerte como enemiga. Por cierto, tus ojos son de un color increíble. Sin duda, te lo han dicho muchas veces. ¿De qué tono son? A mí me parecen violetas.

Rose no había esperado un comentario tan personal, a pesar de la pasión con que la había besado, y durante unos segundos se quedó estupefacta. No podía pensar y, mucho menos, encontrar las palabras para responderle.

–El color de mis ojos no tiene nada que ver con esto. Esta conversación no va a ninguna parte. Ahora, tengo que cerrar la tienda y usted debe irse.

–Todavía no. No me has dicho lo que piensas hacer.

–¿A qué se refiere?

–¿Vas a hablar con tu jefe para que acepte mi oferta? –quiso saber él, arqueando las cejas.

Rose todavía tenía entre los dedos el trozo de papel que él le había dado. Lo dobló y se lo metió en el bolsillo de la falda.

–Le diré cuánto ofrece, claro que sí. Pero, si me está pidiendo que lo convenza para que acepte, no. No lo haré. Philip toma sus propias decisiones, siempre lo ha hecho y siempre lo hará. Yo no tengo influencia sobre él, ni quiero tenerla.

–No te creo –repuso él, poniendo los brazos en jarras con una sonrisa en los labios–. Percibo que eres una mujer prudente y sensible, Rose. Estoy seguro de que Philip sabe apreciarlo. Si sabe que te preocupas por sus sentimientos y quieres lo mejor para él, apuesto a que respetará cualquier opinión que tengas sobre el asunto.

–Incluso así, no me sentiría bien si le persuadiera de vender solo el edificio cuando él lo que quiere es que su negocio de antigüedades no se pierda.

–¡Pero él debe de saber que su negocio ha dejado de ser viable!

–¿Cree que voy a decirle eso? Ha sido el trabajo de toda su vida y está enfermo. No podría decirle una cosa así.

–Estoy seguro de que podrás encontrar las palabras adecuadas para decirlo con tacto y compasión. Es obvio que te preocupas mucho por él.

–Sí.

–Entonces, es un hombre afortunado.

–Yo soy la afortunada. Si no me hubiera enseñado el negocio, nunca habría logrado encontrar un trabajo que me apasione tanto como este.

–Apuesto a que ha sido un placer para él enseñarte, Rose. ¿Para qué hombre no lo sería? No solo eres una mujer hermosa con unos preciosos ojos violeta, sino que estás entregada a lo que haces.

Rose notó que se sonrojaba.

–Creo que se equivoca, señor Bonnaire. Philip no se siente atraído por mí, si es eso lo que insinúa, ni yo siento atracción por él. Por todos los santos, ¡es un anciano de más de setenta años!

Gene se apresuró a disculparse.

–Lo siento si te he ofendido. Pensé que debía de ser un hombre de mediana edad. Tengo que confesarte que me ponía un poco celoso de escucharte hablar de él con tanta adoración.

Rose se quedó con la boca seca, sin saber qué decir. Sus cumplidos y el que confesara que se había puesto celoso de Philip... Era una locura. Proviniendo de un hombre que podía tener a la mujer que quisiera, era ridículo.

Al darse cuenta de que lo más probable era que la estuviera halagando para llevarla a su terreno, ella apretó los dientes. Gene Bonnaire era más peligroso de lo que había creído.

–Mire... es mejor que se vaya. Lo digo en serio. Le llamaré si el señor Houghton me da algún mensaje para usted.

Durante un instante, Gene se había olvidado de

lo que lo había llevado allí. De pronto, se había quedado hipnotizado por los ojos violetas de aquella increíble mujer.

La atracción que sentía por ella era sorprendente. Sobre todo, porque Rose Heathcote no era la clase de mujer con la que solía salir. No era rubia, ni despampanante. Era bajita y delgada, con el pelo moreno y corto. Aun así, el brillo apasionado de sus ojos, junto con su determinación, la hacían extrañamente irresistible.

Era algo nuevo para él, pues solía preferir mujeres más sumisas. Le gustaba ser él quien llevara las riendas.

Recuperando la cordura con rapidez, Gene comprendió que iba a tener que desistir, por el momento, y esperar a que Rose hablara con su jefe.

–De acuerdo. No te voy a presionar más. Pero dime, ¿puedo hacer algo por ti, Rose? Alguien tan generoso como tú, que se preocupa tanto por los demás, ¿siente su bondad recompensada? Me gustaría saber si hay algo que desees en el fondo de tu corazón. Si es así, no tienes más que decirlo y haré lo que esté en mi mano para dártelo.

–¿Por qué iba a hacer tal cosa? Sospecho que es porque tiene un motivo interesado.

–Me ofendes –dijo él, llevándose la mano al pecho con una sonrisa.

–Si pudiera satisfacer lo que deseo en el fondo de mi corazón, sería un hombre especial. ¿No se le ha ocurrido nunca que algunos deseos no pueden comprarse con dinero? –repuso ella en tono retador.

Gene se encogió de hombros.

–Reconozco que no he pensado mucho sobre ello. Prefiero centrarme en las cosas materiales y tangibles, no me gusta lo abstracto.

–En su mundo, los sentimientos son algo abstracto, ¿verdad?

–¿Por qué no cenas conmigo y lo hablamos?

Rose hizo una mueca.

–¡Preferiría cenar con una boa constrictor! Al menos, sabría a qué me enfrento.

A pesar de su decepción por la desconfianza de Rose y porque sus posibilidades de hacerse con el edificio parecían escasas, Gene no pudo evitar sentirse intrigado por su comentario. Por alguna razón, le resultó muy seductor.

–No me halagas, Rose, pero lo que has dicho es gracioso.

–Debe dejar de llamarme Rose. Para usted, soy la señorita Heathcote.

Gene sonrió.

–Veo que te sientes muy afectada por mí, ¿a que sí? Bien, por el momento, me iré. Pero no hemos terminado, ni de lejos, Rose.

Entonces, Gene abrió la puerta y, con una mueca de resignación, salió a la lluvia.

El teléfono sonó a primera hora de la mañana. Era una enfermera del hospital, para informar a Rose de que Philip se encontraba estable y deseaba verla. Un poco temerosa de la conversación que iba a tener con su jefe, se puso unos vaqueros y una camiseta y salió a toda prisa de su casa.

Cuando llegó al hospital y la condujeron a su habitación, tuvo que respirar hondo para mantener la calma al verlo. Philip estaba muy pálido y yacía en la cama con una máscara de oxígeno y varios tubos que lo conectaban a toda clase de parafernalia médica. Aquello era grave, sin duda.

Tampoco le había pasado inadvertido que habían trasladado a su jefe a la misma ala donde había estado su padre cuando había muerto de un infarto fulminante. Al pensar que Philip podía dejarla con la misma brusquedad, se le encogió el corazón.

El médico le había diagnosticado neumonía y había dicho que, por el momento, necesitaba superar la fase crítica y descansar. Por eso, se quedaría más tiempo en el hospital con un tratamiento extra de antibióticos y oxígeno.

Cuando Rose se sentó a su lado y le dio la mano, Philip abrió los ojos y la saludó con la mirada. Ella le aseguró que todo saldría bien, que no debía preocuparse. Sin embargo, no estaba segura de que fuera cierto. El mejor amigo de su padre parecía tan frágil y tan... enfermo...

Después de haberse tragado las lágrimas durante su visita, Rose rompió a llorar nada más llegar a casa.

No fueron las últimas lágrimas que derramó aquella fatídica semana. Philip parecía mejor un día y, de pronto, empeoraba al siguiente. Ocupada con encargarse de la tienda y hablar con los médicos, ella se sentía abrumada por las emociones. A veces, tenía esperanzas de que su jefe se recuperara y otras temía lo peor.

Mientras, casi se había olvidado de su último encuentro con Gene Bonnaire. Sin embargo, una tarde, en el hospital, Philip le había dicho que quería hablarle de algo importante. Un par de días antes, ella le había informado de la oferta del millonario.

–Rose, quiero que contactes con el señor Bonnaire y le digas que acepto –le rogó Philip con ojos tristes y tono de disculpa–. Es una decepción que no quiera continuar con el negocio de antigüedades, pero en mi situación, no puedo permitirme ser quisquilloso. En vista de que no he tenido más ofertas y que mi enfermedad me va a obligar a estar en cama unos meses más, cuando me manden a casa, necesitaré dinero para contratar a una enfermera. Ya sabes que no tengo familia. Pero, al menos, tengo bienes materiales que pueden ayudarme. La oferta de ese hombre ha sido muy generosa. ¿Puedes llamarlo y concertar una entrevista con él?

Rose hizo un esfuerzo por no delatar su nerviosismo por tener que hablar de nuevo con el francés.

–Haré lo que me pidas, Philip. Pero ¿no crees que podrías hablar tú con él en persona cuando salgas del hospital?

–Me temo que no puedo esperar tanto –repuso

Philip–. Tengo que vender cuanto antes para poder pagar la factura del hospital. Te ruego que te ocupes de cerrar el trato por mí, Rose. He llamado a mi abogado para ponerle al corriente. Él te dará los documentos necesarios. Este es su nombre y su teléfono.

Philip sacó de la mesilla una hoja de papel escrita a mano y se la tendió.

–Él te explicará lo que necesites saber.

–Parece que has tomado una decisión –señaló ella, y se le tensaron los músculos al pensar en ver de nuevo a Gene Bonnaire.

–Sí, tesoro... así es.

–Pues me pondré manos a la obra cuanto antes. Mientras, debes descansar. No debes estresarte por nada.

Con una tierna sonrisa, Philip le apretó la mano.

–Debería haberte dicho esto antes, Rose. No sé cómo habría podido sobrevivir los últimos diez años sin ti. Tu lealtad, tu amistad y tu esfuerzo son lo más valioso para mí. No dudes que, si yo hubiera sido más joven, me habría enamorado de ti.

Sonrojándose, Rose sonrió también, y no pudo evitar recordar el comentario que Gene Bonnaire le había hecho respecto a estar celoso de su jefe. ¡Cuánto le gustaría restregarle por la cara su error! Sin embargo, no podía. Debía ser amable con él porque Philip necesitaba el dinero. Ella por nada del mundo echaría a perder la venta solo porque el francés le resultara irritante.

Al mismo tiempo, por otra parte, se acordó de

cuando le había preguntado si la gente solía corresponder a su generosidad. Quizá fuera un hombre más perceptivo y sensible de lo que aparentaba, reflexionó ella.

–Eres muy amable, pero creo que estoy predestinada a seguir soltera –contestó–. Solo me he enamorado una vez en mi vida y lo pasé muy mal. No tengo ganas de repetirlo.

–Lo siento mucho. ¿No crees que podría ser distinto la próxima vez? Podría salir bien.

–No. Aparte de ti, no confío en los hombres. Creo que estoy mejor sola –confesó ella, encogiéndose de hombros–. Además, soy demasiado independiente y eso no les gusta Tendría que encontrar a alguien extraordinario para que me hiciera cambiar de opinión.

–Dale tiempo al tiempo, Rose.

Con una misteriosa sonrisa, el anciano cerró los ojos. Ella se levantó de su lado y, sin hacer ruido para no despertarlo, salió de la habitación.

Capítulo 3

EN UNA de sus magníficas habitaciones, parado ante unos grandes ventanales con vistas al océano, Gene respondió a la llamada de su secretaria, que le informó de que Rose Heathcote quería verlo. Solo podía haber una razón para que la guapa morena quisiera reunirse con él, se dijo. Sin duda, su jefe debía de haber aceptado su oferta.

Estaba entusiasmado. Su sueño de convertir aquel precioso edificio situado junto al río en uno de sus prestigiosos restaurantes estaba a punto de hacerse realidad.

Ya había decidido, incluso, a quién iba a contratar para hacer las reformas necesarias y para encargarse de la cocina. Tenía los números privados de los mejores chefs del país y estaba decidido a utilizar su dinero e influencias para sacarlos de sus empleos actuales en otros establecimientos.

Eugene Bonnaire no era una persona que se pudiera tomar a la ligera, se dijo a sí mismo con orgullo.

Sus padres nunca habían comprendido su ambición, ni su deseo de conseguir más dinero, más éxito, más de todo. Ambos provenían de familias humildes y trabajadoras.

–Nuestras familias no siempre han tenido comida que llevarse a la boca, pero nunca ha faltado amor en nuestros hogares –le había repetido su madre en muchas ocasiones.

Sin embargo, la mera idea de carecer de las necesidades básicas había hecho sufrir a Gene. Por mucho amor que hubiera tenido, su infancia había estado llena de penalidades. ¿Qué tenía de raro que quisiera dejar atrás la pobreza de sus antepasados?

Sí, sus padres habían tenido éxito con su restaurante en el este de Londres y, gracias a que le habían enseñado a cocinar a temprana edad, había podido ascender en el mundo de la restauración. Les estaría siempre agradecido por ello. Se había convertido en un chef de éxito y, luego, en empresario. Eso, unido a algunas inversiones afortunadas, le había llevado a la cima. No obstante, no podía entender por qué sus padres nunca habían estado interesados en llegar más arriba o en hacerse más ricos, cuando también habían podido hacerlo.

Con un suspiro, se frotó la frente. Hacía varios meses que no iba a verlos y debían de estar preocupados.

Cuando Gene tenía nueve años, habían perdido a su hermana pequeña, Francesca, por un virus estomacal. Solo tenía tres años. Aquella trágica experiencia había cambiado la vida de todos. Su madre había dejado de sonreír. Siempre daba la sensación de que faltaba algo único e irreemplazable cuando estaban juntos. Y, en efecto, así era.

Desde entonces, él siempre había intentado compensar a sus padres por su pérdida. Había pensado que, si alcanzaba éxito en la vida, estarían orgullosos de él y podría asegurarles una vejez sin preocupaciones. Pero su ambición y sus logros no les habían impresionado demasiado. Su relación con ellos había ido deteriorándose poco a poco. Ese era el único aspecto de su vida en el que se sentía un fracasado.

Como no había sabido cómo conectar con ellos, Gene había empezado a encerrarse en sí mismo para proteger sus sentimientos. Sus otras relaciones habían sufrido, en consecuencia. Las mujeres notaban que su corazón no estaba disponible. Por eso, solo se acercaban a él las que perseguían su riqueza y las cosas que se podían comprar con dinero. Y, también por esa razón, él había decidido limitarse a tener relaciones breves y esporádicas. Las uniones más estables no entraban en sus planes.

Sin embargo, al dirigirse a la puerta, se sorprendió a sí mismo recordando los ojos violetas de Rose. Sin duda, aquella mujer lo intrigaba y lo excitaba. Se dijo que, tal vez, ella no se mostraría tan hostil como antes, si su jefe le había encomendado cerrar la venta. Eso implicaba que él llevaría la voz cantante y que Rose iba a tener que tragarse su orgullo y ser amable.

Por otra parte, no tenía intención de ponerle las

cosas fáciles. Acababa de llegar a su retiro personal en una remota isla escocesa donde se encontraba a salvo de la prensa. Y no iba a regresar a Londres a toda prisa para firmar los papeles de la compra. No. Le pediría a Rose que se los llevara ella allí en persona. Aunque nunca había invitado ni a su familia ni a sus amigos a la isla, haría una excepción con aquella morena.

En ese instante, además, Gene decidió que haría todo lo posible para que ella cambiara de opinión respecto a él. Le mostraría que, a pesar de todo lo que se decía, era un hombre honorable en el fondo de su alma.

Sonriendo, abrió la puerta, muy complacido con su decisión.

Rose apretó los dientes al pensar que iba a verse en un entorno que tan extraño le resultaba.

Mientras las olas sacudían la pequeña barca del simpático barquero que la llevaba a la isla, rezó por estar haciendo lo correcto. Su jefe había parecido tan frágil y vulnerable cuando le había pedido que cerrara la venta lo antes posible... En cuanto volviera a casa, lo primero que pensaba hacer era ocuparse de contratar a una enfermera para que atendiera a su jefe en casa, al menos, hasta que se recuperara del todo.

–Esto es algo fuera de lo normal –comentó el barquero mientras se dirigía al embarcadero–. Que yo sepa, el señor nunca ha traído aquí a ninguna mujer. De hecho, nunca antes había invitado a nadie. Es su refugio privado, según me dijo en una ocasión. Le gusta estar lejos de todo, dice que así puede pensar mejor –explicó y, con una sonrisa, añadió–: Usted debe de gustarle mucho.

–La verdad es que no le gusto nada –repuso ella con una mueca–. Cuanto antes termine lo que he venido a hacer y me vaya, mucho mejor.

–Bueno, lo antes que puede irse es mañana. Aquí son las mareas las que mandan.

–¿No puedo irme hasta mañana? –repitió ella, frunciendo el ceño–. ¿Quiere decir que tendré que pasar aquí la noche?

–Sí. Estoy seguro de que el señor lo habrá preparado todo para usted. Deme la mano y la ayudaré a bajar.

Una vez en tierra firme, Rose se alegró de pisar suelo de nuevo. No era muy amante de surcar los mares, y menos con tantas olas.

Colocándose la bolsa de viaje en el hombro, se puso una mano sobre los ojos para protegerse del sol y miró a su alrededor. El viento soplaba con fuerza y todo parecía desierto y desolado.

No había nadie para recibirla, aunque no le sorprendía del todo. Gene Bonnaire le había enviado un lujoso Sedan para llevarla al aeropuerto y le había comprado un billete en primera clase, pero ella no se había dormido en los laureles. Por lo poco que lo conocía, sabía que era un tipo impredecible y desconcertante. Sin embargo, después de haber hecho un viaje tan largo para llevarle los documentos, lo menos que él podía haber hecho había sido ir a recogerla al embarcadero.

–Quizá ha olvidado a qué hora llega –comentó el barquero, encogiéndose de hombros.

–¿Hay cobertura de móvil aquí para llamarlo? –preguntó ella.

–Lo siento –repuso el joven, negando con la cabeza–. No tenemos cobertura. La llevaría yo mismo a la casa, pero tengo que darme prisa e irme antes de que suba la marea. ¿Ve ese camino que sube por la colina? Si lo sigue hasta el final, llegará a Cuatro Vientos. No tiene pérdida. La casa es como una fortaleza de cristal sacada de una película de ciencia ficción.

–¿Y el resto de la gente de la isla? ¿Dónde viven?

–No vive nadie más aquí. El señor Bonnaire es el único habitante.

Rose tomó aliento. No solo iba a tener que quedarse a dormir en la isla, sino que estaría a solas con el hombre más impredecible que había conocido, se dijo, apretando los dientes.

Mientras veía cómo el marinero se preparaba para marcharse, Rose no pudo evitar sentirse abandonada. Aunque sabía que no podía permitirse bajar la guardia, ni mostrarse insegura. Gene Bonnaire ya tenía demasiadas ventajas. No solo era poderoso y rico, lo peor era su arrogancia. Estaba seguro de que podía conseguir cualquier cosa con su dinero y de que lo principal era lograr sus objetivos, aunque tuviera que manipular a la gente para ello.

–¿Vendrá a recogerme mañana? –le preguntó al barquero.

–Sí. Si puede estar aquí mañana sobre las once, vendré a por usted.

–Ojalá pudiera ser antes.

–No se preocupe, señorita. El señor no le hará daño. Perro ladrador, poco mordedor.

–No estoy yo tan segura. Por cierto, no nos hemos presentado. Yo soy Rose, Rose Heathcote.

–A mí puedes llamarme Rory. Encantado de conocerte, Rose. Ahora tengo que irme. Cuídate mucho. Levanta esa cara y no te preocupes. No tienes más que mirar al gran señor con esos ojos violetas tuyos y él hará lo que le pidas. ¡Adiós!

Tras su cálida despedida, Rose se quedó mirando cómo la barca se alejaba. Enseguida, desapareció bajo la lluvia y detrás de las olas, como si nunca hubiera existido. Después de pronunciar una plegaria silenciosa por que Rory regresara a su casa sano y salvo, se giró hacia el camino de piedras.

Cuando estaba a punto de llegar a lo alto de la colina, después de dar algún traspiés que otro envuelta por el viento helado, se quedó perpleja al ver un impresionante edificio de cristal.

Tal y como el marinero le había dicho, parecía sacado de una película de ciencia ficción. Todo aquel cristal y cromo resultaba una incongruencia en medio del desolado, aunque hermoso, entorno que lo rodeaba.

Secándose la bruma marina de la cara, Rose se quedó un buen rato mirando, tratando de descubrir dónde estaría la entrada a la casa. Como era un diseño circular, no era fácil de detectar. Tampoco había señales de Gene Bonnaire. ¿Y si él no estaba allí?

Los segundos se transformaron en tensos minutos. ¿A qué diablos estaba jugando aquel arrogante tipo? Quizá había cambiado de opinión respecto a su oferta. O había decidido vengarse por que ella no hubiera aceptado persuadir a Philip de vender desde el principio. ¿La habría hecho ir a esa isla remota solo para reírse de ella?

Rose tenía el corazón cada vez más acelerado. Estaba furiosa.

–Vaya, vaya, vaya. Mira lo que nos ha traído la marea.

Su tono grave y sensual sobresaltó a Rose. Al levantar la cabeza, vio que en el edificio de cristal se había abierto una puerta. En el umbral, estaba el hombre que había ido a ver. Llevaba vaqueros ajustados y un jersey negro de cachemira. Con los brazos cruzados en su fuerte pecho, la miraba como si fuera lo más normal del mundo asomarse a la puerta y encontrarla allí parada.

Era obvio que no iba a recibir una disculpa por no haber ido a buscarla al embarcadero, adivinó ella.

–Tiene suerte de que haya llegado hasta aquí, señor Bonnaire –le espetó Rose, apretando su bolsa de viaje con las manos agarrotadas–. Podía haberme caído por algún precipicio por el camino. ¿Es esta la forma en que suele recibir a sus invitados?

–No... No es... –balbuceó él, y se encogió un poco, como si la mera posibilidad de que le hubiera pasado algo le afectara–. Nunca invito a nadie aquí. Este es mi retiro privado. Te he ofrecido el privilegio de venir aquí, Rose, porque tienes algo que quiero mucho... y los dos sabemos qué es. Sin embargo, siento mucho no haber bajado a recibirte. Estaba ocupado trabajando y no me di cuenta de la hora que era. Espero que tu viaje no haya sido demasiado malo.

De pronto, Rose se sintió culpable y ridícula. El francés había enviado un coche para que la llevara al aeropuerto y le había comprado un billete de avión de primera clase. No tenía ninguna queja de su viaje.

–No ha sido malo, no. No viajo en primera clase todos los días La verdad es que ha sido muy agradable.

–Bien. Es mejor que entres y te calientes un poco. Por cierto, no había peligro de que te cayeras por un precipicio –comentó él con los ojos brillantes y una sonrisa–. No hay ningún precipicio en el camino.

Mordiéndose la lengua para no expresar su irritación, Rose pasó de largo por delante de él. En el vestíbulo, la envolvió una temperatura cálida y acogedora. Dejó la bolsa de viaje en el suelo de roble y se frotó las manos, que se le habían quedado heladas.

Cuando su anfitrión cerró las puertas de cristal y cromo, ella sintió un repentino escalofrío. ¿Podría abrirlas para salir cuando quisiera? ¿Responderían las puertas a un sensor de calor que solo reconocía a su propietario?

–El hombre que me ha traído en su barco, Rory, me ha dicho que tengo que quedarme aquí hasta mañana a causa de la marea –señaló ella, tragando saliva–. No es por nada, pero su secretaria podía haberme informado de ese detalle antes de venir.

–¿Habrías venido si lo hubieras sabido?

–Claro que sí. Hago esto solo para ayudar a Philip, por eso, nada me habría detenido.

–Ah, Philip... –repitió él un poco molesto, como si le irritara la idea de que ella hubiera ido hasta allí solo por lealtad a su jefe–. ¿Cómo está? Espero que mejor.

–La verdad es que sigue en el hospital. Está un poco peor. Por eso ha decidido aceptar su oferta –respondió ella con el corazón acelerado al recordar la precaria salud de Philip.

–Lo siento. Por favor, dile que deseo que se ponga bien pronto. Por cierto, háblame de tú. Me parece un poco ridículo que me llames señor Bonnaire, teniendo en cuenta la situación. ¿Por qué no me acompañas al salón y te sirvo algo caliente?

–Gracias.

Rose siguió a su anfitrión por un enorme pasillo, hasta un espacioso cuarto de estar decorado con sofás y sillas minimalistas y una mesa de cristal interminable.

Las vistas eran impresionantes. La lluvia caía a mares, acompañada del aullido del viento. Aun así, la belleza del paisaje era innegable. El mar embravecido y el agreste terreno combinaban a la perfección.

Pero ¿qué estaba haciendo un millonario que podía tener lo que quisiera en medio de ese lugar aislado y salvaje, sin ninguna compañía?, se preguntó ella, cada vez más intrigada.

–¿Qué te apetece? ¿Té, café o chocolate caliente? ¿O quieres algo más fuerte?

Rose se volvió hacia Gene, que la estaba observando con interés. Sus intensos ojos azules parecían capaces de leer en su interior, pensó con un escalofrío. Su rostro esculpido le daba un aspecto poderoso y masculino. Sin poder evitarlo, se preguntó qué aspecto tendría si sonriera, si se quitara de la cara esa expresión arrogante un momento y mostrara su lado humano.

Encogiéndose de hombros, ella se dijo que ese pensamiento no la llevaría a ninguna parte.

–Chocolate caliente, por favor.

–Tus deseos son órdenes para mí. ¿Por qué no te sientas y te pones cómoda? Puedes contemplar la tormenta que se avecina. Es agradable verlas cuando uno está a salvo en casa.

–¿Viene una tormenta?

–Claro –repuso él, e hizo un gesto hacia el cielo–. ¿Ves esas nubes negras y moradas? Anuncian tormenta. Creo que será grande. ¿Te gusta ver la naturaleza en su estado más salvaje, Rose?

A ella no le pasó inadvertido su tono provocativo. Ni había olvidado el beso que le había dado.

En más de una ocasión, su mero recuerdo le había quitado el aliento.

–No podemos cambiar el clima, así que... ¿por qué no? –replicó ella, arqueando una ceja–. Ya que mi estancia aquí no promete ser ni remotamente placentera, me sentará bien tener alguna distracción para que el tiempo pase más deprisa.

Para su sorpresa, Gene se rio. Fue un sonido rico y profundo que hizo que a ella le subiera la temperatura sin remedio.

–¿Puedo preguntarte qué te hace tanta gracia? –inquirió ella. Sintiéndose un poco más relajada, comenzó a hablarle de tú.

–Tu determinación de alejarte de mí lo antes posible me resulta muy provocadora, Rose. Tengo que decirte que la mayoría de las mujeres tienen la reacción opuesta cuando reciben una invitación mía.

–Estoy segura de que no debe de ser por tu cálida personalidad.

–Tienes razón. Las mujeres no se sienten atraídas por mi personalidad, ni siquiera por mi aspecto. ¿Es que crees que no lo sé? Les gusto porque soy rico Puedo comprarles cosas bonitas y llevarlas a sitios caros. Cuando están conmigo, se sienten especiales. No es difícil de entender por qué les gusto. Estás frunciendo el ceño. ¿Te sorprende mi franqueza?

Rose se estremeció cuando una gota fría de agua le resbaló desde el pelo por la nuca.

–Más que sorprenderme, me inquieta que no te

moleste. ¿De veras estás cómodo con mujeres que solo quieren estar contigo por lo que puedes ofrecerles en el plano material?

En ese momento, un relámpago iluminó el cielo, seguido del estruendo del trueno. Ella se encogió. Lo cierto era que las tormentas siempre le habían dado miedo.

–Soy realista, Rose. Al menos, no me engaño a mí mismo. Quizá te preguntes si me decepciona que la gente sea tan superficial. La respuesta es sí, me decepcionan.

Los dos se quedaron en silencio un momento, sumergidos en sus reflexiones acerca del otro.

–Antes de traerte el chocolate, te mostraré tus habitaciones para que te puedas cambiar y poner ropa seca –indicó él, de pronto–. ¿Tienes más ropa? Si no, seguro que puedo buscarte algo.

Ella se encogió de hombros, sorprendida por su amabilidad.

–Sí tengo. Me he traído algo de ropa por si tenía que quedarme en un hotel antes de volver. Es un viaje muy largo para un solo día.

–Bien. Pues sígueme.

Mientras la guiaba por el pasillo hacia la gigantesca zona de invitados, que nunca usaba porque nunca invitaba a nadie, Gene sintió un extraño placer en hacerla sentir cómoda. Con su pequeña estatura y el pelo corto empapado, tenía un aspecto delicado y vulnerable cuando la había recibido delante de la casa.

Al verla entonces, se le había acelerado el pulso

de forma inexplicable. Nunca había experimentado una reacción así ante una mujer. Y no creía que se debiera solo a que Rose le llevaba el documento de compraventa de la tienda de antigüedades.

Capítulo 4

ALIVIADA al encontrar un secador en el lujoso baño de su habitación, Rose se sentó en la cama y comenzó a secarse el pelo. Mientras, se sumergió en las vistas del mar encrespado y el cielo cada vez más negro, un poco asustada por la cercanía de la tormenta.

Debía controlar sus infantiles temores, se reprendió a sí misma. Sin embargo, no conseguía calmarse al pensar que iba a tener que enfrentarse a aquella manifestación de la naturaleza embravecida... con Gene Bonnaire a su lado. ¿Se reiría de ella cuando descubriera que le daban miedo los relámpagos?

Por otra parte, por alguna razón, intuía que aquel hombre debía de tener una sensibilidad especial. ¿Cómo, si no, habría podido encontrar belleza en aquel lugar y elegirlo para construir su refugio privado?

Al ir a dejar el secador, Rose se topó con su reflejo en el espejo. Tenía la tez blanca como el mármol y los ojos violetas muy abiertos y asustados.

¿Qué diablos le sucedía? ¿Era solo la tormenta lo que le asustaba? ¿O era la idea de estar con Gene?

Impaciente consigo misma, volvió al dormitorio. Dejó su jersey negro en una percha y se puso otro rosa en su lugar. Después de pellizcarse un poco las mejillas para darles un toque de color, regresó al salón.

Encontró a Gene sentado en uno de los sofás que había delante de los ventanales, con los ojos puestos en la distancia. Había dos tazas humeantes sobre la mesa.

Al verla llegar, él sonrió. Y, al ver su sonrisa, ella se olvidó de su propio nombre. Nunca había tenido delante a un hombre tan guapo... Jamás había experimentado un deseo tan poderoso hacia nadie, tanto que la dejaba sin respiración.

A Gene le dio un vuelco el corazón. Invadido por una irresistible atracción, se quedó hipnotizado mirando a la hermosa mujer vestida con vaqueros y un infantil jersey rosa. ¿Qué tenía aquella elfina de ojos violetas que le impedía pensar con claridad? Desde luego, no se parecía en nada a las mujeres exuberantes con las que solía mezclarse.

Consciente de que se había quedado embobado, él carraspeó. Luego, tomó una de las tazas y se la tendió a su invitada.

–Veo que has encontrado el camino al salón. Te he preparado chocolate. ¿Por qué no te sientas y te lo tomas antes de que se enfríe?

–Gracias –dijo ella, y se sentó con su taza en el otro extremo del sofá.

–¿Por qué no te sientas más cerca? No voy a morderte –dijo él, sin poder ocultar su irritación.

–Suena como una invitación del lobo malo –bromeó ella, frunciendo el ceño.

–¿Es que te identificas con Caperucita Roja?

–¿Por qué no? Era una chica muy lista. Supo ver las intenciones del lobo desde el principio. Adivinó que no era bueno.

Entonces, al mismo tiempo que ella se sonrojaba, a Gene le subió unos grados la temperatura.

Sin hacer caso alguno de su provocadora invitación de sentarse más cerca, Rose le dio un sorbo a su chocolate y se lamió los labios. Sin remedio, él posó los ojos en su boca y recordó el beso que le había dado en la tienda de antigüedades. Poniéndose tenso, recordó el sabor de sus suaves labios y la marea de deseo que lo había invadido.

–¡Cielos, está riquísimo! –exclamó ella con una sonrisa–. ¿Cómo lo has hecho?

De nuevo, Gene tuvo que esforzarse en salir del trance en que había caído.

–Mi padre me enseñó. Es experto en hacer el chocolate más delicioso del mundo. Solía decirme que, si se lo preparaba a la mujer de mi vida, ella me amaría para siempre –confesó él.

–¿Y se lo has hecho a la mujer de tu vida?

Gene no se tomó la pregunta a la ligera. Nunca había dejado que una pareja se acercara lo bastante a su corazón ni, mucho menos, había considerado que ninguna fuera la mujer de su vida.

–No. No tengo una mujer en particular en mi vida –contestó él a regañadientes–. Ni quiero tenerla. Creo que es mejor mantenerme libre.

–¿Quieres decir que prefieres tener un abanico de opciones para elegir en vez de estar con una sola?

–Supongo que sí –admitió él con la mandíbula tensa.

–Entonces, supongo que soy una privilegiada por que me hayas preparado chocolate caliente, sobre todo, porque no tengo ninguna intención de unirme a tu harén privado –comentó ella con gesto pensativo.

–Así es –repuso él con los dientes apretados. ¿Por qué diablos le había mencionado el comentario que su padre solía hacerle? No solo le había dado indicios a Rose de que le gustaba, sino que, al hablar de su padre, se sentía culpable por llevar tanto tiempo sin ir a verlo.

De pronto, Gene se puso en pie y se acercó a la ventana. Por un instante, se dejó cautivar por las olas que rompían con furia contra las rocas de la costa.

–La tormenta está empeorando –murmuró él.

–¿Eso te preocupa?

–Las tormentas no me preocupan en absoluto –contestó él, volviéndose hacia ella con una sonrisa–. No me dan miedo, si es lo que me preguntas. Cuanto más salvajes son, más me gustan. Lo impredecible de la naturaleza es un recordatorio de que no podemos tenerlo todo bajo control, como has comentado antes, Rose.

–Lo siento, pero no pensé que pudieras ser tan filosófico –observó ella, sorprendida–. Yo creí que te gustaba tenerlo todo bajo control.

Durante un momento, Gene reflexionó sobre su observación. No estaba acostumbrado a que la gente le revelara lo que pensaba de él. Era cierto que le gustaba tener las cosas bajo control, pero no le agradaba que se lo echaran en cara. Tampoco se sentía cómodo cuando otros dirigían la conversación hacia terrenos demasiado personales. Odiaba sentirse expuesto y que se descubriera que podía ser tan vulnerable como cualquier persona.

–¿Y qué me dices de ti, Rose? ¿Te gustan a ti las tormentas?

Ella dejó la taza sobre la mesa con gesto de incomodidad.

–No mucho. Si te digo la verdad, me asustan. No es tanto por la lluvia o por el viento, ni siquiera por los truenos. Es por los relámpagos. Siempre me han dado miedo. Una vez, cuando era pequeña, presencié una tormenta que me aterrorizó. Un rayo alcanzó nuestro invernadero y rompió todos los cristales. Fue como una bomba. Yo estaba tan asustada que no quería volver a dormirme, por si se repetía. Sin duda, aquello me dejó traumatizada para siempre. A veces, he pensado en buscar ayuda profesional para superar mi fobia.

Intrigado por su historia, Gene se sentó a su lado.

–No es ayuda profesional lo que necesitas, *ma chère*, sino coraje.

–No soy una cobarde.

–No he dicho que lo seas. Todo el mundo tiene miedo de algo. Es humano. No, lo que digo es que te enfrentes a tus miedos cara a cara. Tienes que verlos como son.

–¿Y cómo son? –preguntó ella en un murmullo.

Entonces, Gene se la imaginó como la niña que había sido, demasiado asustada como para volverse a dormir después de aquel rayo. Y un tremendo instinto protector se apoderó de él.

–Son solo ilusiones. Pensamientos que no te hacen bien. No dejes que se apoderen de ti o dictarán lo que puedes hacer y lo que no durante el resto de tu vida.

–¿Es así como te enfrentas tú a tus miedos, Gene?

Por unos instantes, él se sintió inundado de calidez al escuchar su nombre en labios de ella.

–Por suerte, apenas tengo miedos. Pero sí, es así como lo hago.

–¿Siempre?

–No dejo que nada me impida conseguir lo que quiero, Rose.

–¿Por eso das la impresión de que nunca tienes miedo?

A Gene no le gustó la sombra de duda que sembraba su comentario, como, si tras su fachada de seguridad, pudiera ser de otra manera. De nuevo, Rose Heathcote estaba tocando su talón de Aquiles.

Le molestaba sobremanera que una mujer pudiera hacerle sentir tan inestable. Así que se esforzó en reforzar su posición cuanto antes.

–Lo que ves en mí es lo que hay, preciosa. No necesito fingir nada. Si lees mi currículum, verás que es verdad. Mi éxito habla por sí mismo. Ahora, aunque es muy interesante, creo que deberíamos interrumpir esta conversación. Tenemos que comer algo y tengo la intención de preparar la cena yo mismo.

Sorprendida, Rose se puso en pie.

–No quiero causarte ninguna molestia. Un tentempié sencillo bastará.

–Si le dices eso al chef, te echarán del restaurante. La comida es algo más que combustible, Rose. La buena comida es maná del cielo. Un simple tentempié no lo es, y no obtendrás tal cosa de mí.

Colocándose un mechón de pelo tras la oreja, ella se sonrojó.

–No pretendía ofenderte. Pero, si vas a preparar la cena, lo menos que puedo hacer es ayudar.

A Gene le encantó la idea y sonrió.

–¿Tus talentos van más allá de ser la aplicada y leal secretaria en una tienda de antigüedades?

–No soy ninguna secretaria –repuso ella, ofendida–. Soy la encargada de la tienda.

–Ah... Eso me dice que te importa que te admiren y valoren por tus logros. No somos tan distintos, después de todo. Bien, puedes ser mi segunda chef esta noche. Vayamos a la cocina.

Gene le tendió un delantal blanco y se remangó la camisa. La piel bronceada de sus brazos parecía suave y sedosa y estaba cubierta de una fina capa de vello oscuro.

Mientras la lluvia golpeaba contra el tejado con incesante fuerza y las olas pintaban la costa de espuma helada, él le daba instrucciones sobre dónde encontrar los ingredientes. El frigorífico era inmenso y parecía sacado de una película de ciencia ficción. Los cajones se abrían con solo tocarlos o al poner una mano delante de un sensor.

Con el corazón acelerado, Rose se dijo que nunca había soñado con verse en un lugar así. La actitud de superioridad de Gene la inquietaba y la hacía sentir incómoda.

Ella nunca había sido la clase de mujer que se dejaba impresionar por un hombre. Las cualidades que ella buscaba en el sexo opuesto eran honradez, buen corazón y lealtad.

En una ocasión, se había dejado engañar por un corredor de bolsa que le había pedido que se casara con él. Pero, aunque sus declaraciones de amor incondicional la habían confundido al principio, ella pronto había descubierto que no había sido más que un juego. La ambición por ascender en su carrera y hacer más dinero había sido la prioridad para él. Cuando se había enterado de que le había estado siendo infiel con otras mujeres, ella había roto la relación al instante. Y se había jurado no volver a cometer el mismo error jamás.

El hombre por quien su madre había abandonado a su padre también era ambicioso y arrogante. A Rose nunca le había gustado. David Carlisle había encandilado a su madre con su dinero y su aspecto, solo porque había alimentado su ego quitarle la mujer a otro hombre y destruir su familia.

Cuando su madre, Ruth, se había ido, había sido la primera vez que Rose había visto llorar a su padre.

Gene Bonnaire estaba cortado por el mismo patrón que su ex y el segundo marido de su madre. Por eso, ella tenía muchas razones para no confiar en él. Para empezar, él mismo le había confesado que, respecto a las mujeres, le gustaba tomar lo que su dinero y posición le brindaban.

Mientras tanto, allí estaban, en ese remoto santuario en una isla escocesa, a miles de kilómetros de la civilización. Al día siguiente, si todo iba bien, el barquero la recogería por la mañana.

Sin embargo, a pesar de todos sus recelos, Rose no podía olvidar el momento en que sus ojos se habían entrelazado con los de Gene, incendiados por el deseo. Durante un instante de locura, había tenido la urgencia de rendirse a la salvaje atracción que la había invadido. ¿Cómo podía explicarse algo tan irracional?

La única razón que podía encontrar era que había tenido la guardia baja, después de todo el estrés que había soportado en las últimas semanas. Philip seguía en el hospital y, de un día para otro, había decidido venderle su tienda a Gene.

Una cosa estaba clara. Rose haría todo lo que pudiera para evitar que aquel momento de debilidad se repitiera. De hecho, no descansaría hasta ver los documentos firmados y el dinero ingresado en la cuenta de Philip. Luego, se convencería a sí misma de que había hecho lo correcto y lo mejor para el hombre que había sido su mentor durante tantos años.

Después de haber contemplado cómo Gene preparaba la comida más sublime en un momento, Rose tuvo que admitir que el tipo era un artista.

Era fascinante verlo trabajar con sus manos. Tanto si cortaba cebollas sobre una tabla, como si esparcía las especias con los dedos sobre la comida, o removía los ingredientes en una sartén, se sentía cada vez más intrigada por él. Con un aspecto de suma concentración, parecía como si su mente volara a otro mundo cuando cocinaba. Al mismo tiempo, verlo realizar una actividad tan mundana le daba un halo mucho más humano.

–Estará lista pronto. ¿Quieres probarla?

Medio en trance, Rose lo miró sorprendida. Él tomó una cucharada de olorosa comida de la sartén y se la acercó a la boca.

Sus penetrantes ojos azules brillaron cuando ella gimió de placer al probar lo que le había ofrecido.

–¡Está delicioso! Nunca había probado algo tan increíble en toda mi vida.

–¿No? Eso me da ganas de darte más cosas deliciosas para que las pruebes.

Rose se sonrojó al instante con una mezcla de vergüenza e irritación.

Entonces, Gene dio un paso hacia ella.

–Tienes un poco de salsa al lado de los labios. Deja que te la limpie.

Con el pulgar, se la limpió, despacio. Sus movimientos parecían, más bien, una especie de juego erótico y, sin remedio, encendió una llama dentro de Rose muy difícil de apagar.

Todo su cuerpo comenzó a arder en ese mismo momento. Atrapada por su mirada, lo único que ella pudo hacer fue quedarse allí embobada. Aunque su intuición le gritaba que tuviera cuidado. Sin querer, se estaba comportando como si estuviera disfrutando de sus atenciones. Cielos, Gene Bonnaire no necesitaba tener a otra mujer babeando alrededor de su ego, se reprendió a sí misma.

Dando un paso atrás, Rose agarró un trapo de cocina y se limpió los labios, como si así pudiera quitarse de encima la sensación de su contacto.

Gene la observó, sonriendo.

–Espero que no te ponga nerviosa, Rose. Te he dicho ya que no muerdo –comentó él de buen humor–. A menos que quieras que te muerda...

A Rose le latía el corazón a toda velocidad. Haciendo un esfuerzo, se enderezó e intentó lanzarle una mirada fría.

–A lo mejor te crees que a todas las mujeres les gustan tus juegos... o piensas que debería sentirme halagada por tu atención, pero te aseguro que conmigo te equivocas. Ahora, creo que es mejor que vaya a poner la mesa mientras tú terminas la cena.

Acto seguido, Rose sacó cubiertos de un cajón y, sin esperar su respuesta, salió de la cocina con la cabeza bien alta, rezando por recordar cómo se llegaba al comedor.

Capítulo 5

GENE llevó una botella de whisky escocés a la mesita del salón y sirvió un poco en dos vasos. Su invitada estaba sentada con las piernas cruzadas, con un cojín apretado contra el vientre y los ojos clavados en la escena que se desarrollaba fuera, como si no pudiera creer lo que estaba viendo.

Gene había visto unas cuantas tormentas desde que había construido esa casa, pero nunca una como aquella. El poderoso sonido de los truenos sacudía las paredes del edificio y la lluvia era como un río salvaje que se hubiera desbordado y quisiera llevarse todo a su paso. Era imposible discernir dónde acababa el cielo y dónde empezaba el océano.

La tensión podía palparse en el ambiente, tanto que Gene sintió que debía hacer algo para romperla.

–¿Rose? –la llamó él, un poco preocupado por su acompañante, y le colocó el vaso en una mano–. Te aconsejo que bebas un poco. No solo porque es el mejor whisky de malta del mundo. Puede ayudarte a calmar tus nervios.

Con mano un poco temblorosa, Rose se llevó el vaso a los labios y bebió. Al instante, sus preciosos ojos violetas se llenaron de lágrimas. Luego, empezó a toser.

Gene se acercó para darle unas palmaditas en la espalda, sonriendo.

–Te lo has bebido muy rápido, preciosa. Toma el próximo trago un poco más despacio, ¿de acuerdo?

–Lo tendré en cuenta –repuso ella, devolviéndole la mirada con una sonrisa–. Es un poco fuerte, ¿verdad?

–Es suave y dulce, pero puede resultar fuerte para una novata.

Mientras hablaban, una fiera explosión de relámpagos iluminó el salón.

–¡Ay, madre! –gritó ella y se lanzó a sus brazos.

Aunque sabía que era solo una reacción refleja, instigada por el miedo, a Gene le complació que ella actuara como si lo necesitara. Nunca había experimentado una sensación así, reconoció él con el corazón acelerado.

El aroma de ella lo envolvió, mientras la rodeaba con sus fuertes brazos y la apretaba contra su pecho.

–No pasa nada, Rose. Nada va a hacerte daño, te lo prometo.

Al principio, ella se puso tensa al escucharlo. Luego, se relajó.

Aliviado, Gene se alegró de que no lo apartara. A pesar de la tormenta que rugía en el exterior, una extraña sensación de paz lo invadía estando con ella. Era algo nuevo para él. Antes de eso, la única mujer hacia la que se había sentido protector había sido su madre. Sus relaciones íntimas se habían centrado solo en el sexo y el dinero. No era de extrañar, cuando se había ido distanciando cada vez más de sus sentimientos, reflexionó. Desde que su hermana había muerto, el fantasma de la pérdida y el dolor siempre había estado presente. La verdad era que le daba miedo...

Al notar que el suave peso que sujetaba entre sus brazos se hacía más sólido y escuchar la respiración profunda de Rose, Gene comprendió que se había quedado dormida.

Había sido un día lleno de sorpresas, se dijo él. No solo por la inesperada ferocidad de la tormenta, sino porque estaba disfrutando de la compañía de su invitada, algo que le inquietaba. Su placer por poder comprar la tienda de antigüedades no había sido nada comparado con el placer de tener a Rose a su lado.

Frunciendo el ceño, Gene se preguntó a qué podía deberse algo tan raro.

Entonces, se recostó en el respaldo del sofá y, sin pensarlo, cerró los ojos.

Lo primero que le asomó a la conciencia fueron los intentos de Rose por zafarse de sus brazos. Gene maldijo en voz alta y, medio dormido, creyó que un atacante estaba intentando hacerle daño.

Se incorporó de golpe y agarró a su enemigo imaginario. Ella gritó, haciéndole volver a la realidad de inmediato. La tenía agarrada con fuerza de las muñecas.

Rose lo miraba con ojos aterrorizados. E indignados.

Aun así, Gene se quedó hipnotizado por la deliciosa forma de los labios de ella. Sus preciosos ojos brillaban como estrellas. Mirarlos era como caer en otro sueño... del que no tenía prisa por despertar.

–Suéltame –rugió ella.

A pesar de que oyó sus palabras, Gene no fue capaz de asimilarlas, mientras inclinaba la cabeza hacia ella. Su cuerpo ardía de deseo y solo el sabor de aquellos carnosos labios podía aliviar su hambre.

–Todavía no –susurró él, y la besó como si le fuera la vida en ello.

Por segunda vez, los labios de Rose le sorprendieron de la forma más grata. Lo más placentero fue cuando ella gimió con suavidad, sin resistirse a su lengua, y le dio la bienvenida como si lo ansiara tanto como él.

El cálido satén del interior de su boca incendió las venas de Gene, mientras le sujetaba la cabeza para poder devorarla mejor. De nuevo, ella no protestó. Entonces, con el corazón a toda velocidad, él tuvo el presentimiento de que nunca volvería a ser el mismo.

Rose apenas podía creerse que Gene Bonnaire estuviera besándola con pasión. De pronto, la realidad se desvaneció a su alrededor. Nada de lo que estaba pasando tenía sentido. Aun así, tal vez, aquello no fuera tan increíble como parecía. El ambicioso hombre de negocios había logrado seducirla con sus inesperadas muestras de atención y amabilidad.

Primero, le había dado un consejo sobre cómo enfrentarse a sus miedos. Luego, le había preparado un delicioso plato francés. Y, por último, la había abrazado cuando los relámpagos habían anunciado el fin del mundo.

¿Era esa la razón por la que lo estaba besando con tanta pasión? ¿Era una forma de agradecerle su protección? ¿O respondía a un deseo oculto que había intentado bloquear?

Su padre siempre había intentado proteger a Rose y ella había confiado en él con todo su corazón. ¿Acaso esperaba encontrar algo similar en Gene Bonnaire? Sin embargo, aquel hombre no tenía nada que ver con su padre. El millonario era implacable y no dejaba que nada se interpusiera en su camino. A pesar de todo, cuando la había abrazado en medio de la tormenta, había confiado en él tanto como para quedarse dormida.

¿Cómo podía explicarse algo así? Lo único que sabía era que no había podido resistirse a él. La tenía embelesada... por su aspecto, por su olor, por su indomable masculinidad. Al darse cuenta, se sintió confusa. Debía tener cuidado, se advirtió a sí misma. Gene no era más que un hombre acostumbrado a hacer lo que fuera para conseguir sus propósitos.

Cuando él apartó su boca con suavidad, acariciándole el pelo, y la sonrió con los ojos brillantes, Rose supo que era hora de poner fin a esa locura.

Si le explicaba por qué había sucumbido a ese beso, porque había estado estresada y preocupada por su jefe y asustada por la tormenta, él lo entendería.

Posando una mano en el pecho de su anfitrión, Rose dio un paso atrás.

–¿Adónde vas? –preguntó él con el ceño fruncido.

–No debería haber hecho eso. Lo siento.

–¿Por qué? ¿No te ha gustado?

–No es eso. He venido aquí solo para hacer negocios. Y no tienes la responsabilidad de reconfortarme solo porque me asusten los relámpagos.

–¿Te habría reconfortado tu novio si hubiera estado aquí?

–¿Qué tiene eso que ver?

–¿Lo habría hecho? –insistió él, afilando la mirada.

–No tengo novio –confesó ella, encogiéndose de hombros–. Por el momento, no estoy interesada en tener una relación.

–¿Es porque estás preocupada por tu jefe?

–No solo por eso. Quiero concentrarme en mi carrera. Cuando se cierre la tienda de antigüedades, tendré que buscarme otro trabajo.

–No creo que eso te sea difícil. Sabes hacer tu trabajo.

–Sí –repuso ella, levantando la barbilla–. Si no

puedo encontrar algo adecuado en Londres, me iré al extranjero –indicó. Aunque irse del país no le resultaba una opción muy atractiva, lo haría si era necesario. Eso le sirvió para recordar cuáles debían ser sus prioridades–. Volviendo a la razón que me ha traído aquí... ¿No crees que es mejor que firmemos los documentos esta misma noche? Mañana por la mañana quiero llegar a tiempo al barco. Cuanto antes pueda regresar para ir a ver a Philip al hospital, mejor.

–No firmaré nada hasta que no esté seguro de que todo está en orden. Dame los papeles y los revisaré esta noche. Luego, veremos lo que pasa por la mañana.

Con la boca seca, Rose se levantó. El enigmático comentario de Gene la dejó confusa y preocupada.

–¿Sugieres acaso que tal vez no quieras firmar?

Él también se levantó. Su expresión era seria y cerrada.

–No te equivoques. Quiero esa propiedad, eso no ha cambiado. Pero nunca firmo nada hasta que no estoy seguro.

–¿Quieres decir que me has hecho venir hasta aquí creyendo que ibas a comprar y que ahora no estás seguro? ¿A qué estás jugando? –le espetó ella, moviendo la cabeza con desesperación–. Debería haber sabido que no eres de fiar, pero nunca aprendo.

Gene se acercó a milímetros de ella. Su cálido aliento le bañó la cara.

–¿A qué te refieres? ¿Es que alguien te ha engañado? ¿Fue ese exnovio tuyo, tal vez? Si es el caso, lo siento mucho. Pero yo no estoy jugando a nada, es la forma en que hago negocios. Me propongo un objetivo y, cuando sé que lo voy a conseguir, me gusta tomarme mi tiempo para saborear el premio.

Rose tragó saliva cuando él posó la mano en su mejilla. Era obvio que no hablaba solo de la compra de la tienda.

¿Acaso creía que iba a acostarse con él solo porque le había dado la bienvenida a aquel beso?, se preguntó ella, indignada. La había tomado con la guardia baja, eso era todo.

Era el momento de apartarle la mano y poner distancia entre los dos, se dijo a sí misma. Cruzándose de brazos, miró hacia la ventana. Aunque la tormenta no había cesado, parecía menos intensa y en retirada.

Aunque eso era un alivio, a Rose le producía ansiedad pensar que podía volver a casa sin la venta cerrada. Le esperaba una noche de insomnio, pues no le iba a ser fácil esperar a que Gene le diera su decisión por la mañana.

Si él cambiaba de idea y decidía no comprar, lo único que ella podía hacer era irse con la cabeza gacha. No tenía el poder de hacerle cambiar de opinión. Y Gene no parecía la clase de hombre que se dejara influir por la compasión.

Rose se temía lo peor. ¿Y si la salud de Philip empeoraba cuando le diera la mala noticia? Lo único que podía hacer en ese momento era mantener la calma y no dejar que su anfitrión adivinara sus miedos.

–Bueno, entonces, no queda mucho más que decir. Iré a buscar los documentos y te los daré para que los revises –informó ella, y se miró el bonito reloj de pulsera que su padre le había regalado en su veintiún cumpleaños–. Después, me iré a dormir.

Cuando iba hacia la puerta, la voz grave y profunda de Gene la detuvo de inmediato.

–Si hay más relámpagos durante la noche y tienes miedo, mi habitación está enfrente de la tuya. Tengo un sueño muy ligero, así que no dudes en llamar y entrar, ¿de acuerdo?

Apretando los puños, Rose esperó tener fuerzas para no sucumbir a la tentación que aquel imponente espécimen masculino le proponía.

–Seguro que estaré bien –repuso ella–. Usaré la técnica que me aconsejaste y recordaré que mis miedos son solo ilusiones.

Cuando salió del salón, a Rose le pareció oírlo reír.

Gene pasó otra noche de insomnio. No era fácil dormirse sabiendo que Rose estaba a pocos metros de él, al otro lado del pasillo. No podía quitarse de la cabeza el beso que le había robado. Lo revivió en su mente una y otra vez hasta que, por fin, consiguió dormirse con la esperanza de repetirlo al día siguiente. Sin embargo, entonces soñó con que le hacía el amor a Rose con pasión. Se despertó al amanecer con el cuerpo empapado de sudor y de deseo.

¿Por qué no había ido ella a su dormitorio, tal y como había esperado? La tormenta había vuelto a estallar alrededor de las tres de la madrugada, con todo un despliegue de relámpagos espectaculares. Sin duda, no podían haberle pasado inadvertidos. ¿Había sido su orgullo lo que le había impedido ir a buscar refugio en él?

Aunque admiraba su tenacidad, Gene quería descubrir cuanto antes cómo había pasado la noche su invitada. Se duchó y vistió deprisa, echó un vistazo a los documentos de compraventa que había estado examinando a primera hora y se los llevó al salón. No había señales de Rose allí.

Excitado ante la perspectiva de volver a verla, dejó los papeles en la mesa del salón y regresó al pasillo. Allí, llamó a la puerta de Rose. Cuando ella no respondió de inmediato, se preocupó.

Gene iba a llamar otra vez, pero se abrió la puerta.

–Buenos días –murmuró ella. Estaba más pálida de lo habitual y sus ojos enrojecidos delataban su falta de sueño. Todavía llevaba el pijama puesto, un delicado conjunto de seda con pantalones cortos y camiseta de tirantes. Uno de los tirantes se le había caído sobre el hombro.

Gene tardó un momento en asimilar sus emociones. De nuevo, se sintió protector y preocupado.

No era una reacción habitual en él cuando veía a una mujer que lo excitaba.

–Buenos días –repuso él–. No me digas que no viste los rayos anoche, porque no me lo creo.

Ella negó con la cabeza, atusándose el pelo con los dedos.

–No voy a mentirte. No he pegado ojo. Me sentaría bien una taza de café.

–¿Por qué no llamaste a mi puerta como te había dicho?

Con la única intención de reconfortarla, Gene la rodeó con sus brazos por la cintura. Eso fue su perdición. La combinación del suave satén con el calor de su esbelto cuerpo lo excitó más de lo que creía posible.

–Te habría abrazado toda la noche, te habría protegido –susurró él, tocándole el pelo con los labios. Al oírla gemir con suavidad, le levantó la barbilla y acercó sus bocas. Fue un contacto irresistible, ardiente.

Rose lo miró a los ojos con la palma de la mano sobre su pecho. Pero, en esa ocasión, no lo empujó para apartarlo.

–Yo... yo... no pienso con claridad cuando te tengo cerca –confesó ella–. No fui a tu puerta porque temía lo que pudiera pasar.

–¿Qué pensaste que podía pasar?

–Me siento como... como si estuviera embrujada cuando estoy contigo. Por eso, eres peligroso.

–¿Crees que soy yo quien es peligroso? Eres tú quien me ha hechizado, pequeña bruja...

–Deberías irte –rogó ella, aunque lo tenía sujeto de las solapas y sus ojos lo miraban con deseo.

–Cariño, no lo creo.

Tomándola en sus brazos, sin decir más, Gene la llevó a la cama. Mientras la depositaba sobre las sábanas de seda, el corazón le latía a toda velocidad. Rose ya no estaba pálida, su suave piel se había sonrosado.

Con una sonrisa que le salía del corazón, él le bajó los tirantes de la camisola.

–Si hubiera sabido que llevabas un pijama tan sexy, te juro que anoche habría tirado abajo la puerta de tu dormitorio.

Como respuesta, ella soltó un pequeño gemido de excitación y acercó su boca. Mientras se besaban, Gene se sacó del bolsillo del pantalón un paquete de preservativos. No hicieron falta más palabras después de eso.

Cuando, al fin, los muslos esbeltos y torneados de Rose lo rodearon y la poseyó, Gene pensó que había muerto y había ido al Cielo. Sus besos y su cuerpo eran el paraíso... todo en ella era divino. En ese momento, supo que de ninguna manera iba a saciarse después de tener sexo con ella. No iba a poder dejarla de lado al día siguiente, como solía hacer con las otras mujeres. Un poderoso deseo de conocerla mejor se apoderó de todo su ser.

Enseguida, Rose llegó al orgasmo, apretándose contra él, dejándose mecer por intensas oleadas de placer. Mirándose en sus ojos de color violeta, Gene la siguió. Durante largos minutos después, ambos se quedaron sin aliento y sin palabras.

–*Tu es incroyable...* –le susurró él al oído, tomándola entre sus brazos.

–Me gusta cuando me hablas en francés –contestó ella, sonriendo–. Puedes hacerlo más, si quieres.

–Ahora mismo, haría cualquier cosa que me pidieras, *ma chère.*

–Puede que me aproveche de eso –repuso ella, acariciándole la mejilla con suavidad.

Capítulo 6

ROSE notó que Gene se ponía tenso en cuanto le dijo que podía aprovecharse de sus palabras. Ella no lo había dicho con ninguna segunda intención, solo había sido una broma. Sin embargo, después de levantarse y vestirse, sintió que la tensión no había hecho más que crecer.

Mientras lo seguía al salón, se dijo que no se podía creer lo que acababa de pasarles. Lo único que sabía era que se sentía más viva que en muchos años. Hacer el amor con él había sido una experiencia maravillosa, pero era mejor que volviera a poner los pies en la tierra y recordara lo que la había llevado hasta allí.

Con su altura y sus anchos hombros, vestido con una camisa blanca impecable y pantalones un poco arrugados después de lo que acababan de hacer, Gene la intimidaba un poco. Rose intuyó que no iba a ser tan complaciente como hacía unos minutos, en la cama. Era obvio que había tomado una decisión respecto a la tienda de antigüedades y, tal vez, no fuera la que ella esperaba.

De pronto, a Rose se le encogió el estómago.

¿Cómo podría decirle a Philip que había fracasado en su misión, si Gene se negaba a comprar?

Podía imaginarse la decepción y la tristeza de los ojos de su jefe, aunque sabía de antemano que Philip nunca le echaría nada en cara y la tranquilizaría diciéndole que pronto iban a encontrar otro comprador.

Con la cabeza dándole vueltas, invadida por los más oscuros pensamientos, Rose se fijó en lo austera y vacía que era aquella habitación pintada de blanco. Sí, tenía unas vistas magníficas, pero le faltaba calidez, personalidad.

–Es una pena que no te gusten las antigüedades o, por lo menos, las pinturas bonitas –comentó ella–. Con la decoración adecuada, este salón tendría un aspecto más hogareño y acogedor.

Gene se giró de golpe y arqueó las cejas.

–Pero este no es mi hogar. Es mi retiro. No necesito antigüedades ni cuadros para embellecerlo. Además, nadie más lo va a ver aparte de mí.

Después del momento de intimidad que acababan de compartir, Rose se sintió un poco desinflada por su frialdad. Pero insistió.

–Puede ser. Pero ¿qué tiene de malo que tú disfrutes de una casa más bonita? ¿No te gustaría que tu refugio fuera por dentro tan maravilloso como por fuera?

–Te equivocas. Este sitio me sirve para un propósito, eso es todo. No me interesa disfrutar de su decoración.

Su tono era un poco despreciativo, por no mencionar que parecía molesto ante la sugerencia de Rose.

–No soy tan amante de la belleza como tú, Rose. Soy práctico y pragmático.

–Aun así, es importante para ti llevar bonitos trajes hechos a medida, los mejores zapatos de diseño italiano y la más delicada colonia francesa, ¿verdad?

Nada más pronunciar las palabras, a Rose se le aceleró el pulso y se sonrojó. Le avergonzaba que Gene se diera cuenta de que se había fijado en esas cosas.

Él esbozó una sensual sonrisa llena de picardía.

–Tienes razón. Admito que es importante para mí dar buena imagen. Y me gusta llevar las mejores ropas que se pueden comprar con dinero. Lo mismo me pasa con mi vida personal. Aprecio las curvas de una mujer bonita, la forma en que sonríe, el brillo de dos espléndidos ojos violetas...

Estaba hablando de ella, se dijo Rose con el corazón más acelerado todavía. La irresistible atracción que los había llevado a consumar su deseo no habría tenido lugar en circunstancias normales. Solo se debía a que habían estado solos en un lugar remoto y surrealista, con nada más que el mar y las rocas para hacerles compañía. Si a eso añadía su miedo a los relámpagos y la preocupación que él parecía haber demostrado por ella...

Entonces, un molesto pensamiento la asaltó. ¿Y si su preocupación había sido solo fingida y lo único que había querido había sido un trofeo más para su ego? Al fin y al cabo, Gene se enorgullecía de conseguir todo lo que quería, ¿no? Sin embargo, no podía entender por qué él se había comportado como si no hubiera podido resistirse a ella. No tenía sentido. Nada tenía sentido con aquel hombre.

Cruzándose de brazos, Rose no apartó la mirada. Había ido allí solo una razón y debía concentrarse en eso. Tenía que lograr que él firmara los documentos.

–Bueno, cambiando de tema, ¿has tomado una decisión sobre la tienda de antigüedades?

Una enigmática sonrisa iluminó la cara de Gene. Ella se quedó sin respiración y, sin poder controlarlo, su cuerpo subió de temperatura al recordar lo que acababan de hacer en la cama.

Sus cumplidos sugerían que la consideraba hermosa, una idea que la llenaba de excitación. La irresistible atracción que sentía por él estaba librando un cruento combate en su cabeza con lo que ella creía correcto y prudente.

–¿Y bien? Tendrás que darme una respuesta cuanto antes, porque tengo que tomar mi barco –insistió ella con voz un poco temblorosa.

–¿Ah, sí?

Gene se acercó un poco más, envolviéndola con su aroma francés.

–¿Qué quieres decir? ¿Cómo, si no, voy a salir de esta isla y volver a casa?

–Quiero decir que no tienes por qué irte hoy.

Rose abrió los ojos de par en par.

–¿Por qué? ¿Hay alguna razón por la que no debiera irme hoy?

Gene la estaba haciendo arder con su mirada.

–Sí. Quiero que te quedes para que podamos conocernos mejor.

–¿Por qué crees que yo...?

Antes de que pudiera terminar la frase, Gene la besó con pasión y, enseguida, ambos quedaron envueltos en el seductor fuego de lo prohibido.

Con un gemido de impotencia, Rose se rindió a él. Nunca se había sentido tan indefensa, presa de un deseo tan arrollador.

La noche anterior, los relámpagos la habían aterrorizado, iluminando su habitación como titánicos fuegos artificiales. Aun así, había tenido más miedo todavía de llamar a la puerta de Gene, por lo que podía haber pasado. Pero, por la mañana, sus temores se habían hecho realidad.

Él le estaba acariciando la espalda. Sus dedos la incendiaban y la derretían allí donde la tocaban. A continuación, la tomó de la cintura y la apretó contra su cuerpo para demostrarle la fuerza de su erección.

Los besos de ese hombre eran tan eróticos y seductores que fácilmente podría una mujer hacerse adicta a ellos, pensó Rose.

Sin dejar de besarla, él le levantó la blusa. Se la sacó por la cabeza y la dejó caer al suelo. Cuando deslizó la mano bajo su sujetador blanco de algodón para acariciarle un pecho, tocándole el pezón con suavidad, ella gimió sin remedio. Luego, continuó besándola como si nunca pudiera saciarse de su boca.

Era tan agradable sentirse deseada..., pensó ella. Su anterior y único novio, Joe Harding, había sido un joven broker de veinticuatro años. Ella había perdido la virginidad con él a los dieciocho. Al principio, había sido considerado y amable y le había jurado que la amaba. Pero, con el tiempo, se había volcado más y más en su trabajo y había ido dejando de lado su relación.

Joe había calmado sus protestas diciéndole que trabajaba por ella, que quería construir un futuro para los dos. Pero Rose había empezado a sospechar que no era cierto. Una noche, había olido el perfume de otra mujer en su camisa y, cuando le había preguntado, él había admitido que había tenido una aventura... y más de una.

Dolida por que el hombre que le había jurado amor eterno la hubiera engañado de esa forma, Rose había aprendido la lección. Había aprendido que los hombres podían decir cualquier mentira para conseguir lo que querían, sin importarles a quién hirieran para lograrlo. Con el corazón destrozado, ella había roto su relación. Y, en vez de mostrar sorpresa o de protestar, Joe solo había parecido aliviado.

Después de aquella dolorosa experiencia, Rose se había jurado a sí misma centrarse en su carrera y no había vuelto a salir con nadie.

Sin embargo, allí estaba, en los brazos de un experimentado seductor. Y se hubiera rendido a él por segunda vez, si no la hubiera mirado con la sonrisa de un gato que acabara de cazar a su presa.

Una ensordecedora alarma de peligro sonó dentro de Rose. De pronto, recordó de golpe quién era Gene Bonnaire. Era un hombre de negocios que no tenía reparos en ir a por lo que quería, y estaba a punto de añadir el cuerpo de ella a su lista de conquistas, solo para alimentar su ego.

Con la respiración entrecortada, Rose le apartó y se tambaleó hacia atrás para recoger la blusa del suelo. Deprisa, se la puso y se frotó los labios con la mano con gesto de disgusto.

Gene movió la cabeza, perplejo y decepcionado.

Rose estaba deseando que llegara su barca para irse. Cuanto antes, mejor. Sin embargo, todavía no habían zanjado el tema de la tienda de antigüedades.

–No has respondido a mi pregunta. ¿Sigues queriendo comprar? Si la respuesta es sí, es mejor que firmes cuanto antes para que pueda irme.

Ella se quedó a la expectativa, insegura sobre cómo reaccionaría Gene. Le asombró lo poco que sabía de aquel hombre que se había construido un santuario privado en una isla escocesa.

–¿Por qué te has apartado de mis brazos? No me digas que no te gustaba, porque sería mentira. ¿O es que disfrutas provocando a los hombres?

–Yo no te he provocado. Ya he metido bastante la pata al irme a la cama contigo. Me he apartado porque me he dado cuenta de lo que estaba haciendo. Tienes fama de tomar lo que quieres sin importarte las consecuencias, y no he venido aquí para acabar siendo otra de tus conquistas. Aunque puedes llamarme hipócrita por cómo me he comportado hace un momento, por suerte, ahora he recuperado la cordura. Así que olvidemos lo de antes y centrémonos en los negocios, ¿de acuerdo?

Lanzando una rápida mirada a su reloj, Rose tragó saliva. Aunque tenía la intención de mostrarse fuerte, por dentro estaba temblando.

–Me queda una hora para bajar a la costa a tomar la barca.

Gene se quedó inmóvil, observándola con ojos vacuos.

–Bueno, Rose... Parece que te he juzgado mal. Pensé que eras distinta de toda esa gente que se cree a pies juntillas lo que la prensa dice de mí, sobre mi reputación, pero ya veo que me equivoqué.

De pronto, ella se sintió mareada y dudó de sí misma. ¿Se estaría dejando llevar por sus prejuicios?

–¿De verdad dudabas que firmaría los papeles de compra? Todavía quiero ese edificio. Solo esperaba persuadirte de pasar más tiempo conmigo.

Rose no sabía qué pensar. ¿Quería que pasara más tiempo con él porque, como había dicho, deseaba conocerla mejor? ¿O era solo porque quería aprovechar la oportunidad de tener sexo fácil? Era difícil confiar en Gene, sobre todo, cuando su única experiencia sentimental anterior había sido un fracaso.

Él sonrió, pero fue una sonrisa teñida de amargura. Sus ojos ya no brillaban con calidez.

–Me queda claro que no quieres quedarte. Sígueme a mi despacho, vamos a firmar los papeles.

Acto seguido, Gene echó a andar por el pasillo con grandes zancadas. En otra habitación blanca y sin ninguna decoración, se sentó en un sillón de cuero, delante de un elegante escritorio, y sacó los documentos. En silencio, tomó la pluma de oro que había sobre la mesa.

–Puedes sentarte, si quieres –le indicó él a Rose.

Todavía conmocionada por haberle escuchado decir que quería que se hubiera quedado un poco más, ella se sentó en el sillón opuesto. Podía sentir el sabor de sus suaves labios sobre la boca... y tuvo ganas de llorar porque, cuando se fuera de aquella isla remota, no volvería a disfrutar de esos placeres nunca más.

–Falta un pequeño detalle, antes de firmar –señaló él.

A Rose le dio un vuelco el corazón.

–¿Cuál?

–Quiero que aceptes ocuparte de vender las antigüedades. Te pagaré por ello. Ya te he dicho que no las quiero, pero eso no significa que vaya a tirarlas. Entiendo que algunas de ellas son muy caras, por el precio que he pagado. Tú conoces el mercado y sé que no las venderás a precio de ganga. ¿Estás de acuerdo?

¿Cómo podía Rose negarse, cuando Philip necesitaba cada céntimo para pagar a los médicos? Lo único que le inquietaba era que eso significaría seguir en contacto con Gene.

–Sabes que no puedo negarme –contestó ella, enderezándose en su asiento–. Pero también quiero que sepas que hago esto solo por Philip. Si no fuera por él, me negaría. No debería haberme acostado contigo.

Cuando estaban en la cama y ella le había dicho que se aprovecharía de su promesa de darle todo lo que quisiera, Gene había temido que fuera como el resto de las mujeres que había conocido, una simple cazafortunas. Pero, en ese momento, sus palabras y el tono de arrepentimiento con que habló le llegaron al alma.

Era la primera vez que una mujer estaba deseando alejarse de él. Por lo general, lo único que experimentaba cuando terminaba una relación era alivio. Pero, ante esos preciosos ojos violetas y esa mujer que le hacía arder como nadie lo había conseguido antes, se sentía embrujado. Por eso, no pensaba ponérselo fácil ni dejarla marchar así como así.

–Bien. Entonces, es mejor que firme ya, ¿verdad? Y tú tendrás que firmar también.

Después de terminar con el papeleo, Gene metió los documentos en un cajón.

–Me aseguraré de transferir el dinero a la cuenta de tu jefe en cuanto te vayas.

–¿Significa eso que puedo verificarlo cuando haya llegado a Londres?

–Puedo ser muchas cosas que no te gustan, Rose –reconoció él con un suspiro–. Pero nunca miento acerca del dinero. Tengo lo que quería y no voy a retrasarme en pagar lo que debo. Un trato es un trato.

Los dos se pusieron en pie.

–La barca está a punto de llegar. ¿Por qué no

vas a por tu bolsa de viaje? Te acompañaré al embarcadero.

De forma inexplicable, las mejillas de su invitada se sonrosaron. ¿Quizá había cambiado de idea respecto a irse?, se preguntó él.

–No será necesario –le espetó ella con frialdad–. Puedo ir sola.

–Maldición, mujer. Lo hago para quedarme tranquilo. Quiero asegurarme de que llegas bien. Habrá un coche esperándote en el otro lado, como te prometí. Te llevará al aeropuerto y, cuando aterrices, otro te llevará a tu casa.

–Voy a ir al hospital primero, a ver a Philip.

–Claro –repuso él, sin poder evitar sentirse celoso por que ella tuviera tanta consideración hacia el otro hombre–. Nos vemos en la puerta. Ve a por tu bolsa.

El viento soplaba con fuerza mientras iban colina abajo. El mar estaba agitado y el olor de la tormenta todavía impregnaba el aire.

Gene deseó que las condiciones meteorológicas impidieran a Rory llegar hasta allí. Sin embargo, se dio cuenta de que, aunque el barquero pudiera presentarse en la isla, eso no era garantía de que regresaran sanos y salvos al otro lado.

No quería que Rose se fuera, reconoció para sus adentros. Si le pasaba algo, nunca se lo perdonaría a sí mismo.

–El mar parece más revuelto de lo habitual –comentó él, deteniéndose un momento para mirar a los ojos a su acompañante.

Con gesto de impaciencia, Rose frunció el ceño.

–Debe de ser por la tormenta. Estoy segura de que todo irá bien. Rory parece un marino experimentado.

–Hasta los más experimentados tienen que enfrentarse a la naturaleza impredecible del océano –señaló él con tono seco–. ¿Por qué no volvemos a la casa? Intentaré contactar con él para que vuelva a por ti mañana. El tiempo mejorará para entonces.

–No.

Agitada y furiosa, con el pelo revuelto por el viento, Rose se giró y siguió bajando la escarpada colina con la bolsa de viaje al hombro. No le había dejado a Gene que se la llevara.

–¡Cuanto antes me vaya de aquí, mejor!

Demasiado preocupado por su seguridad para dejarla ir sola, Gene la alcanzó en un momento.

–No me había dado cuenta de lo tozuda que eres –murmuró él.

–Si te refieres a que hago lo que quiero y no dejo que nadie me mande, sí, soy tozuda –replicó ella con una sonrisa de satisfacción, antes de seguir su camino hacia el embarcadero.

Al llegar, se quedó mirando al mar con gesto desafiante, como si la barca de Rory fuera a aparecer en el horizonte solo porque ella así lo quería.

Capítulo 7

EL RECUERDO de la voz de Gene gritándole que la llamaría pronto, mientras la barca se alejaba de la costa, persiguió a Rose durante varias noches después de llegar a Londres. Por su tono, le había parecido que realmente él no había querido que se fuera.

Ella se había quedado contemplando su solitaria figura en la playa hasta que había desaparecido en la distancia. Le había dejado una extraña sensación de vacío en las entrañas, difícil de explicar.

Pero se había animado al saber que Philip había mejorado durante su ausencia. Y, cuando le había dado la noticia de la venta y de que el dinero estaba en su cuenta, su jefe se había mostrado aliviado y feliz.

En la tienda, se había dedicado a catalogar con meticulosidad las antigüedades y, luego, contactar con tratantes de arte y con casas de subastas que podían estar interesados en su compra. Su trabajo estaba a punto de terminar allí, algo que no había esperado hacía solo unos meses.

Una tarde, estaba hablando por teléfono cuando la campanilla de la entrada anunció la llegada de un cliente. Agradecida por la distracción, Rose fue a la puerta para ver quién era. Llevaba todo el día intentando convencer a un importante tratante de arte de París, conocido por su gusto exquisito, de que fuera en persona a la tienda para ver un chifonier que sabía que encajaría a la perfección para él. Le había asegurado que podía pagarle el viaje, pensando que a Gene no le importaría, siempre que vendiera el artículo a buen precio.

En cuanto llegó a la planta baja y vio a Gene parado allí, con los brazos cruzados sobre su ancho pecho y un impecable traje hecho a medida, Rose perdió su capacidad de habla.

–Se me ha ocurrido pasarme a saludarte y ver cómo va todo.

Él estaba actuando como si fuera la forma habitual en que hiciera las cosas... presentarse sin más, sin avisar, observó Rose. ¿No tenía una secretaria estirada que le hiciera esos encargos? Claro que sí. Había hablado con ella cuando había concertado la cita para ir a la isla. Y sí, le había sonado bastante antipática.

Aclarándose la garganta, se pasó la mano por el pelo. Desde que se había arreglado por la mañana, no se había mirado al espejo para comprobar su aspecto. Ni siquiera recordaba haberse puesto maquillaje. Se dijo que no debía preocuparse de lo que Gene pensara de ella, pero lo cierto era que le preocupaba más de lo aconsejable.

–Supongo que quieres saber cómo van las ventas de antigüedades. Seguro que estás deseando tener el edificio vacío para poder empezar con la reforma.

Una inexplicable sonrisa se dibujó en los labios de él.

–Claro que me interesa saber cuántas antigüedades has vendido en mi nombre, pero esa no es la única razón de mi visita, Rose. He venido a ver cómo estabas.

–Sin duda, te preguntas si me he recuperado de la tormenta. Fue una experiencia que nunca olvidaré. Pero estoy viva y coleando... como puedes ver.

–No me refería a eso. No nos despedimos demasiado amistosamente, ¿recuerdas? Odio pensar que sigues enfadada conmigo.

–No lo estoy. Había mucha tensión por lo que había pasado, eso es todo.

–Bueno, te eché de menos cuando te fuiste. Al día siguiente, regresé a Londres, porque mi refugio me parecía muy solitario sin ti.

A Rose le dio un vuelco el corazón. ¿A qué estaba jugando él con aquellos comentarios?

–¿No sirven para eso los refugios? Creí que lo querías para estar en paz y disfrutar de tu soledad.

Gene hizo una mueca y a ella le sorprendió percibir cierta tristeza en sus ojos azules.

–Nunca hay paz cuando estás a solas con tus pensamientos; al menos, es lo que a mí me pasa.

Su humana y sincera confesión volvió a tomar a Rose por sorpresa. La imagen de un hombre como

Gene, capaz de tener todo lo que se le antojara, no encajaba con la de alguien con sentimientos. Sin embargo, de alguna manera, ella había empezado a pensar que, bajo la superficie, había mucho más de lo que se decía de él en la prensa. Y, a pesar de que le daba miedo dejarse utilizar, reconoció para sus adentros que ansiaba conocerlo mejor.

–Sé lo que quieres decir. A veces, los pensamientos nos vuelven locos. Mira, iba a preparar té justo ahora. ¿Quieres uno? –lo invitó ella.

Gene dejó de fruncir el ceño y esbozó una sonrisa sincera.

–Si pudiera ser café en vez de té, mucho mejor.

–Café, entonces. Nos los tomaremos en el despacho.

Gene no pudo evitar recordar la última vez que había estado en el despacho de Philip Houghton. Se encogió al recordar cómo había terminado su reunión con Rose. ¿Cómo podía haberse imaginado, entonces, que esa mujer iba a sacudir su mundo como nunca nadie lo había hecho? Con sus mágicos ojos violetas y su tozudez a la hora de negarse a sus demandas, era distinta a todas las que había conocido antes.

El hecho de que no se mostrara impresionada por su riqueza ni por su poder, el que no estuviera dispuesta a sucumbir a sus encantos, la hacía todavía más deseable. ¿Cómo reaccionaría ella si le confesara que no había podido dejar de recordar su apasionado encuentro en la isla? Desde que la había besado, se había infiltrado en sus venas como una fiebre contagiosa que estaba a punto de volverlo loco.

Ni siquiera había podido concentrarse en el trabajo, algo inédito en él.

En ese momento, al verla sentada al otro lado de la mesa, le pareció que estaba un poco sonrojada. Tenía el pelo revuelto, como si se hubiera pasado los dedos por él por haber estado estresada... o preocupada. Él no tenía demasiadas ganas de sacar a Philip a colación, pero tenía que hacerlo, si quería conocer qué preocupaba a Rose.

–¿Cómo está el señor Houghton?

–Mejor de lo que yo esperaba.

–¿Está mejor?

–Sí. No se ha recuperado del todo, pero los médicos están satisfechos con sus progresos. Saber que no iba a tener más preocupaciones económicas le ha ayudado, sin duda.

–Me alegro. ¿Y tú, Rose?

–¿Qué quieres decir?

–Me da la sensación de que algo te inquieta. ¿Qué es?

Suspirando, ella se recostó en el respaldo del asiento.

–No es nada. Solo pienso que voy a tardar un poco en vender todas las antigüedades y que, mientras, necesito encontrar un nuevo empleo.

Era la oportunidad que Gene había esperado. Sonriendo, le dio un sorbo a su café.

–No tienes que buscar un nuevo empleo. Ahora trabajas para mí, ¿recuerdas?

Ella abrió los ojos de par en par.

–Sé que vas a pagarme por vender las antigüedades, pero eso no es un empleo indefinido.

–No, no lo es. Pero seguro que puedo encontrar algo adecuado para ti en alguna de mis empresas.

–¿Como qué? –preguntó ella, sin dar crédito a lo que oía.

–Quizá algo relacionado con la administración. Supongo que tus habilidades organizativas son buenas, ¿verdad?

–Pero yo no soy administrativa. Soy experta en antigüedades.

Contrariada, Rose se cruzó de brazos. Posando los ojos en el contorno de sus pechos y en su fina cintura, Gene sintió que su deseo de poseerla crecía de nuevo. No podría resistirse mucho más tiempo.

–En cualquier caso, no quiero que me encuentres un empleo –continuó ella, levantando la barbilla–. Puedo hacerlo sola.

–¿Sabes cuántos currículum llegan a mi mesa todos los días? –replicó él, frustrado, sin poder contener cierta irritación–. Más de cien. ¡La mayoría de las personas darían lo que fuera por poder trabajar para mí!

–Bueno, pues les deseo buena suerte, pero yo no soy una de ellas –insistió Rose. Después de darle un sorbo a su té, dejó la taza de porcelana con fuerza contra el plato.

A Gene no le pasó inadvertido que le temblaba

la mano. Qué mujer tan obcecada, se dijo, deseando que relajara un poco sus defensas. Entonces, su mente le llevó a recordar el tacto de sus pechos y cómo se le habían endurecido los pezones nada más tocarlos.

Como impulsado por un resorte, Gene se levantó y se acercó a ella para observarla más de cerca.

–Me gustaría liberarte de tu compromiso ahora mismo para que puedas buscar trabajo por ti misma, pero no puedo. Lo que puedo hacer es doblarte el sueldo para que no te preocupes en encontrar algo con demasiada urgencia. ¿Te facilitaría eso las cosas?

–No es solo por el dinero.

–¿No quieres vender las antigüedades para mí? ¿Es eso lo que quieres decir?

–Me resulta extraño.

–¿El qué?

–Llevo trabajando para Philip durante años... ¡y tú no eres él!

La tensión que se apoderó de ellos los tomó a ambos por sorpresa. Ella tenía la respiración entrecortada y se mordía el labio inferior, mientras que a él le galopaba el corazón en el pecho.

Estaba claro a qué se refería, reflexionó Gene. Solo el pensar que tenía más aprecio a su viejo jefe que a él le hacía arder la sangre. Sabía que no tenía razón para estar celoso, pues ella solo sentía respeto y afecto hacia el anciano, pero no podía evitarlo.

–¿Sientes que no sea un viejo caballero inglés que no podría darte una sola noche de placer aunque lo intentara? –le espetó él, tomándola del brazo.

–Es lo más ridículo que he escuchado nunca –contestó ella, temblando–. Si lo conocieras, lo entenderías. Es el hombre más dulce y amable que he conocido y ya te he dicho que no siento ninguna atracción por él.

Gene la oyó, pero estaba demasiado alterado para asimilar sus palabras. Estaba perdido en el mar incandescente de sus ojos violetas y en su suave perfume de mujer. Sin contemplaciones, acercó la boca y devoró sus labios de cereza.

En algún momento, saboreó sangre en los labios y no supo si era suya o de ella Pero, entonces, se dio cuenta de que ella lo estaba besando también con pasión y lo agarraba con fuerza, apretándolo contra su cuerpo. Al mismo tiempo, estaba emitiendo pequeños gemidos que delataban que lo deseaba tanto como él a ella.

Con la sangre agolpándosele en las venas, Gene comprendió que las chispas que habían encendido juntos se habían convertido en un incendio. Solo había una salida para apagarlo... y era dejarlo arder.

Con un gemido, él apartó todos los objetos que había en la mesa y los tiró al suelo. Entrelazando su mirada con la de Rose, la colocó sobre el escritorio de caoba con toda la delicadeza de que fue capaz.

Mientras, ella le estaba quitando la chaqueta y

abriéndole la camisa para poder tocarlo. Cuando le acarició el pecho, Gene sintió una irresistible combinación de cielo e infierno. Cielo porque estar junto a ella de esa manera superaba todos sus sueños de placer e infierno porque estaba tan excitado que le dolía.

Capturando la boca de ella con un profundo beso, alargó la mano hacia sus braguitas. Con urgencia, le deslizó la pequeña prenda de seda hasta medio muslo y se bajó la cremallera de los pantalones. No podía esperar más para estar dentro de ella.

Cuando Rose lo rodeó con sus piernas, él no necesitó más invitación. La penetró con su miembro inflamado, hasta lo más hondo de su húmedo interior. Los dos se quedaron quietos un momento, maravillados por el éxtasis de su unión. Incapaz de articular pensamiento alguno, él la penetró con más profundidad, mientras le levantaba la blusa y el sujetador y se introducía uno de sus dulces pezones en la boca.

Ya se había hecho adicto a su sabor, el más delicioso de los néctares. Desde su primer encuentro, Gene había comprendido que no iba a ser fácil de olvidar.

Dejando escapar un sensual gemido, Rose se quedó paralizada de pronto.

Cuando Gene levantó la cabeza para mirarla, vio que parecía perpleja. Una lágrima bañaba sus ojos incandescentes. Él no se detuvo a preguntarse qué podía hacerle llorar en un momento tan placentero, pues estaba a punto de llegar al momento del clímax de su sensual viaje.

Al instante siguiente, el cuerpo de Gene vibró con la potencia del orgasmo. Con un poderoso sonido gutural, apoyó la cabeza en el pecho de Rose.

Justo cuando iba a preguntarle a ella si estaba bien y pensaba decirle lo guapa que era, el sonido de la campanilla de la entrada hizo que ambos se quedaran paralizados.

–Debe de ser un cliente –dijo ella con voz ronca, apartándose de él.

Maldiciendo para sus adentros, Gene se levantó y se arregló la ropa. Sonrojada, ella le lanzó una mirada nerviosa, mientras se colocaba la falda y la blusa. Atusándose el pelo, se dirigió a la puerta.

–Por esa puerta, hay un baño donde puedes refrescarte –indicó ella–. Le diré a quienquiera que sea que es tarde y la tienda está cerrada.

–Buena idea –murmuró él.

Cuando se quedó a solas, Gene volvió a maldecir. No porque les hubieran interrumpido, sino porque en brazos de una pasión arrebatadora se le había olvidado usar protección.

El inesperado visitante resultó ser un cartero muy insistente y amistoso, que en una ocasión se había presentado como Bill. Estaba haciendo una entrega de última hora, le explicó a Rose.

A ella no solía molestarle charlar con él de vez en cuando, pero, en esa ocasión, no podía entretenerse.

No, cuando Gene estaba en su despacho, esperándola.

Todavía le daba vueltas la cabeza por la explosión de pasión que acababa de vivir. Le dolía todo el cuerpo y estaba segura de que tendría un par de moratones. ¡Habían hecho el amor en la mesa del despacho! ¿Acaso se había vuelto loca?

Por una parte, le sorprendía su propio comportamiento. Pero, por otra, no se arrepentía. De hecho, se sentía libre y más viva que nunca. Había dejado atrás sus prejuicios y una concienzuda educación moralista para actuar según le había dictado el momento. Era una sensación excitante.

Y, aunque todavía le costaba confiar en Gene, tenía que admitir que él era el responsable de su liberación. En sus brazos, se sentía como si todo fuera posible.

Bill le entregó un montón de cartas mientras seguía charlando animadamente.

–Por cierto, ¿has visto ese Mercedes de lujo en el aparcamiento? Debe de ser de uno de tus clientes ricos. ¿Tienes idea de quién es?

Rose se sonrojó.

–No. Debe de ser de alguien del banco de enfrente. Pero gracias por el correo. Ahora tengo que irme. Voy a cerrar pronto.

–Tienes una cita, ¿a que sí? –preguntó el cartero con un guiño.

Sin responder, Rose le abrió la puerta, invitándolo a marcharse.

–De acuerdo, tesoro, ¡he pillado la indirecta! ¡Hasta pronto!

Con un suspiro de alivio, ella cerró con cerrojo

y puso el letrero de *Cerrado*. Luego, se recolocó la falda otra vez y se preparó para regresar al despacho, con el hombre que no había titubeado en hacerle el amor de nuevo.

Capítulo 8

CUANDO regresó al despacho, Gene estaba entrando en el baño. Los papeles y artículos de oficina que había tirado al suelo se hallaban de nuevo sobre la mesa. Todo estaba ordenado, como si no hubiera pasado nada. ¿Quién podía decir que Rose acababa de tener sexo sobre el escritorio con el famoso millonario?

Temblorosa, se sentó, dándole vueltas a lo que había sucedido.

–¿Qué he hecho? –murmuró ella, angustiada.

Poco a poco, comenzó a sentirse culpable y avergonzada. ¿Qué diría Philip si se enterara? ¿Y qué pensaría su padre? Entonces, recordó que Philip le había contado, en una ocasión, que su padre nunca había logrado entender cierto «impulso salvaje» que su madre había tenido.

–Vivir con esa mujer era como construir una casa encima de un depósito de dinamita. No pasaba un día sin que me preguntara cuándo iba a estallarme en la cara –le había confesado un día su padre a Philip.

Ruth Heathcote había destrozado a su marido

cuando lo había abandonado por un hombre rico y poderoso. Y él había ido a juicio para asegurarse de ser quien se quedara con la custodia de su hija, Rose. Después de sufrir aquellos dolorosos acontecimientos, ella se había jurado no comportarse jamás como su madre.

Pero estaba segura de que, cuando la naturaleza ejercía su poder, los humanos no tenían nada que hacer. Por eso ella había terminado acostándose con Gene. En ese momento, se sentía como si acabara de sobrevivir a un tornado.

Y había algo más que le preocupaba. Habían tenido sexo sin usar protección. Habían estado tan sumergidos en el momento que ni siquiera se les había pasado por la cabeza. Al menos, ella sabía que Gene no había planeado seducirla. Si lo hubiera hecho, sin duda, habría usado protección. Podía coquetear con el peligro en los negocios, pero un hombre como él no correría riesgos innecesarios en su vida personal.

Aunque sería fácil rendirse al pánico, Rose se negó a hacerlo. Por suerte, conocía la píldora del día después y, antes de volver a casa, iría derecha a la farmacia. Un embarazo no esperado era algo que no entraba en sus planes en absoluto.

Gene regresó. Por su expresión, parecía avergonzado. Sin embargo, cuando sonrió al verla, ella apretó los muslos de forma inconsciente y se le aceleró el corazón. Había sido increíble cómo habían hecho el amor. En sus brazos, había aprendido lo que significaba el éxtasis y la libertad total de toda restricción. Se había sentido como si hubiera volado.

–¿Quién era? ¿Un cliente? –preguntó él.

Embobada ante aquel hombre tan atractivo, Rose tardó unos segundos en reaccionar. Debía decirle, cuanto antes, que había sido un error convertir su relación de negocios en algo sexual. Los dos ardientes encuentros que habían compartido no podían repetirse.

–Era el cartero.

–No podía haber llegado más a tiempo.

Rose se sonrojó.

–Me dijo que iba con retraso por culpa del tráfico.

–No importa. Lo que me preocupa es qué vamos a hacer. Quiero que vengas a mi casa esta noche. Esta vez, quiero asegurarme de que nadie nos pueda interrumpir –le susurró él con voz sensual, rodeándola con los brazos por la cintura.

De nuevo, Rose se encontró hipnotizada por sus ojos. Su determinación de mantener las distancias perdía fuerza por momentos.

–Puede que eso sea lo que tú quieres, pero no es lo que yo quiero.

–No te creo.

Posando las manos en su pecho, ella intentó empujarlo. Pero él no se movió ni un ápice, ni la soltó.

–Mira, tal vez haya aceptado trabajar para ti durante un tiempo, pero eso no significa que esté a tu disposición día y noche.

–¿He dicho yo que eso era lo que quería? –preguntó él, y suspiró, bañándola con su cálido aliento–. A mí tampoco me gustaría estar a tu disposición noche y día, Rose. Pero, si necesitamos pasar más tiempo juntos, eso es distinto, ¿no te parece?

Por sus palabras, no daba la sensación de que Gene tuviera la intención de utilizarla y dejarla tirada cuando apareciera la próxima mujer que se le antojara.

Aun así, su experiencia con su exnovio le recordaba que no podía entregar su confianza con tanta facilidad. No podía rendirse a la esperanza de que Gene quisiera de veras mantener una relación con ella. Su largo historial de conquistas era prueba más que suficiente de que no era el tipo de hombre que creía en las relaciones estables.

–No creo que sea buena idea que pasemos más tiempo juntos, al menos, no de ese modo. A partir de ahora, nuestra relación debe ser solo profesional. Haré mi trabajo y venderé las antigüedades, pero no es necesario que nos veamos fuera del trabajo.

–No estoy de acuerdo.

–Ya me lo imaginaba, pero eso es porque quieres salirte siempre con la tuya. He tomado una decisión, Gene.

–¿Y si descubres que estás embarazada? –preguntó él con mirada fría, sin soltarla todavía.

–No te preocupes por eso.

–¿Quieres decir que estás tomando la píldora?

–No, pero puedo tomar la píldora del día después. Voy a comprarla en la farmacia de camino a casa.

–¿Y yo no tengo nada que decir al respecto?

–Creí que te gustaría saber que podemos hacer algo. Estoy segura de que no quieres verte atado a mí por culpa de un bebé no planeado fruto de un momento de locura.

Durante unos instantes, Gene no supo qué decir. No estaba acostumbrado a sentirse desconcertado. Pero lo peor era que tenía la sensación de que, por alguna razón, algo había cambiado en él y nunca iba a volver a ser el mismo.

Entonces, recordó lo que había pasado antes de su momento de locura. Él le había dicho a Rose que era su empleada y ella no había parecido contenta con aquel hecho. Luego, ella le había echado en cara no ser como su antiguo jefe, Philip Houghton.

Sus brazos se apretaron como una tenaza alrededor de la fina cintura de Rose. Un irresistible sentimiento de posesión lo inundó.

–¿Estás decidida a tomar esa píldora del día después porque no confías en mí? ¿Crees que no me responsabilizaría del bebé?

Ella suspiró.

–No he pensado en nada de eso. Solo quiero protegerme a mí misma. La nuestra no es una relación seria y yo soy tan responsable como tú de lo que ha pasado. Solo quiero ser prudente.

–¿Por qué? ¿Alguna vez te ha pasado algo parecido? Me contaste que, en una ocasión, alguien te había hecho sufrir.

–Sí. Pero no me dejó embarazada ni me abandonó, si es lo que estás sugiriendo. En cierta manera, se portó todavía peor. Me engañó con otras mujeres y me mintió, como si no fuera importante.

Aunque Rose se había esforzado en mostrar desapego al hacerle su confesión, Gene percibió cierto dolor en su voz y sintió el primitivo deseo de protegerla y defenderla.

–Siento que tuvieras que pasar por eso –señaló él, bajando la voz–. Pero yo no soy como él. Estás mejor sin ese tipo. Volviendo a la situación presente, sé que lo más práctico es la píldora del día después. Pero ¿qué pasa con nuestros sentimientos? ¿No los vas a tener en cuenta?

Con el corazón acelerado, Gene se escuchó a sí mismo haciendo una pregunta que nunca antes le había hecho a una mujer. Sin embargo, desde que había conocido a Rose, estaba cada vez más inclinado a enfrentarse a un aspecto de su vida que había tenido apartado desde niño... sus sentimientos.

Los ojos de color violeta de su interlocutora brillaron alarmados.

–¿Estás diciéndome en serio que puedes sentir algo respecto a la posibilidad de que tenga un bebé?

–Yo también tengo corazón. Hay algunas cosas en la vida que pueden hacer que una persona se detenga a recapacitar. Un posible embarazo es una de ellas.

–Ya te he dicho que no es solo responsabilidad tuya.

–Te he oído. Ahora quiero que me escuches a mí, Rose. No sé cómo ni por qué, pero parece que tenemos una especie de conexión... lo que nos une es más profundo que un encuentro pasajero. No es algo que quiera ignorar y tampoco quiero dejarlo pasar.

–No sé qué decir.

–En ese caso, no hay ninguna razón para no tomarnos nuestra relación de forma más íntima, ¿verdad?

–Creo que no se puede hacer más íntima, ¿o sí?

El comentario de Rose pretendía ser irónico. Por desgracia, a él no le pareció gracioso.

Sin decir nada más, Gene la soltó. Se pasó una mano por el pelo, frustrado por que ella no quisiera tomarse su relación más en serio. Aunque habían hecho el amor, era fácil notar que su amante había levantado barreras entre los dos. Y él deseaba poder echarlas abajo.

Nunca había experimentado antes la sensación de que una mujer lo rechazara. Pero lo peor era el vacío que lo invadía después de haberla soltado. Podía insistir en que lo acompañara a casa, aunque intuía que ella había tomado una decisión y no cambiaría de opinión. De hecho, si la presionaba, podía ser contraproducente. Tendría que buscar otra estrategia.

–Si no quieres venir a mi casa, ¿por qué no me dejas que te lleve a la tuya? –propuso él, mirándola a los ojos.

–No hace falta. Puedo ir en autobús, como hago siempre.

–¿No conduces?

–No. No tengo carné.

Gene tuvo que controlar su rabia porque las cosas no estaban saliendo como él quería. Respiró hondo.

–Entonces, ve a buscar tus cosas. Te espero en la puerta. La primera parada será la farmacia.

Rose estaba saliendo de la farmacia en dirección al lujoso Mercedes que la esperaba fuera cuando un tipo con una cámara corrió hacia ella. Apuntándola con su objetivo, disparó varias veces.

–¿Eres la nueva novia de Eugene Bonnaire? ¿Cómo te llamas, cariño? Puedes decírmelo. He visto su coche. ¿Por qué, si no, iba a estar aparcado aquí?

Conmocionada, Rose vio cómo Gene le abría la puerta del coche.

–¡Entra rápido y no le digas nada a ese idiota! –ordenó él con la mandíbula tensa.

Ella obedeció sin pensar. Nada más sentarse, Gene arrancó y se alejó del lugar.

–Eso es exactamente lo que no quiero –murmuró él.

–No le habría dicho nada, para tu información –indicó ella, todavía anonadada–. No pensaba decirle mi nombre. ¿Estas cosas te pasan a menudo?

–Demasiado a menudo para mi gusto. Nunca pensé que perdería mi privacidad, pero es curioso cómo te puede cambiar la vida.

Sorprendida por su reflexión, Rose se relajó un

poco. Quizá, Gene no buscaba la fama tanto como la prensa creía. ¿Sería esa la razón por la que había tenido un aspecto tan amargado en la foto de la ceremonia de entrega de premios? La idea de ser seguido de cerca por los paparazzi debía de ser una pesadilla. Esa clase de vida no era algo que ella envidiara. De hecho, le parecía horrible.

–Nunca pensé que diría esto, pero lo siento por ti, Gene, de veras lo siento. Me alegro de haber dicho que nuestra relación debe ser estrictamente profesional. Por lo que está pasando, es mejor que sea así. Podemos comunicarnos por teléfono.

–No voy a dejar que nadie maneje mi vida y menos, la prensa –advirtió él con una mueca y mirada furiosa–. Dame tu dirección y te llevaré a casa.

Cuando pararon delante de la casa adosada donde vivía Rose, Gene apagó el motor y echó un vistazo por la ventanilla hacia su jardín, salpicado de macetas con pensamientos en flor. Ella estaba orgullosa de sus flores aunque, sin duda, él estaría pensando en lo vulgar que era aquel lugar, se dijo.

–¿Siempre has vivido aquí?

–Sí. Es la casa donde me crie con mis padres. Cuando mi padre murió, me la dejó a mí.

–¿Y no a tu madre?

–No. No estaban juntos.

–¿Quieres decir que estaban divorciados?

–Sí. Ella se fue con un rico ejecutivo que le prometió una vida mejor –respondió Rose con un suspiro, sin poder ocultar su amargura. Al instante, se sonrojó.

–¿Y ese hombre... le dio una vida mejor?

–Depende de lo que consideres mejor. Que yo sepa, mi madre es feliz. Viven en un pomposo piso en París y ella tiene de todo. Creo que es la vida con la que siempre soñó, la clase de vida que mi padre no podía ofrecerle. Pero se le rompió el corazón cuando lo abandonó y nunca se recuperó.

–Lo siento mucho. Su abandono debió de ser doloroso para ti también, ¿no?

A Rose se le llenaron los ojos de lágrimas.

–Durante un tiempo, sí. Luego, lo superé. Tenía que enfrentarme a la realidad. En cualquier caso, ¿quién necesita a una madre que prefiere los bienes materiales antes que estar con la gente que la ama?

Gene se encogió un poco.

–¿A qué se dedicaba tu padre?

–Era contable, y se le daba muy bien su trabajo, por cierto –contestó ella, poniéndose sin querer a la defensiva–. Aunque nunca tuvo la ambición que mi madre quería. En vez de apreciarlo por ser un marido y un padre leal y devoto, le parecía una señal de debilidad que él quisiera pasar tiempo con su familia en vez de trepar en su carrera.

–Dices que tu madre y su marido viven en París. ¿Sabes dónde?

De nuevo, Rose se sonrojó. Sin duda, Gene conocería el lugar.

–En una zona llamada Neuilly-sur-Seine.

–Si pueden costearse vivir allí, deben de ser ricos. Es la zona más cara de la ciudad.

Ella se encogió de hombros y se desabrochó el cinturón de seguridad.

–No lo sé. Ni me importa.

Antes de que pudiera salir corriendo, Rose oyó que su acompañante se desabrochaba también el cinturón de seguridad. Acercándose a ella, le tomó la mano.

–Antes de que te vayas, creo que tenemos que hablar, ¿no te parece?

Como una polilla atraída por el fuego, Rose se sintió atrapada por la peligrosa llama de sus ojos. Al mismo tiempo, su sensual aroma hizo que se derritiera por dentro. Lo único en lo que podía pensar era en la deliciosa sensación de tenerlo dentro. Perpleja, tuvo que admitir para sus adentros que ansiaba con todo su ser repetir la experiencia.

–¿De qué quieres hablar? Si es por la venta de las antigüedades, ya te he dicho que me mantendré en contacto –le espetó ella, aunque no logró disimular su deseo.

–Sabes muy bien que no es de las antigüedades. Tenemos que hablar de lo que acaba de pasar en la tienda.

Ella se obligó a mantenerse firme y no dejar que él adivinara lo que sentía.

–Hemos tenido sexo en el escritorio de mi jefe, eso es lo que ha pasado. Te he dicho que voy a tomar la píldora del día después para asegurarme de no quedarme embarazada, así que no tienes de qué preocuparte. ¿De qué más quieres hablar?

–No creo que sea eso lo único que piensas que hicimos, Rose.

De pronto, él se llevó la mano de ella a los labios.

–Hicimos estallar un volcán allí dentro y su lava nos ha quemado hasta el alma. Si lo niegas, no dudaré en llamarte mentirosa.

Mirándola a los ojos, Gene se metió el dedo índice de ella en la boca y comenzó a chuparlo.

–¿Qué...? ¿Qué estás haciendo? –dijo ella, y apartó la mano, aunque dudaba que fuera lo bastante fuerte como para resistirse mucho tiempo más.

–Estaba recordando tu sabor –repuso él con una seductora sonrisa–. No logro saciarme de ti.

–Bueno, pues vas a tener que aprender a aguantarte. ¡Yo no puedo permitirme continuar con esta estupidez!

Rose estaba a punto de romper a llorar. No quería quedar como una tonta, así que abrió la puerta y salió.

–Puede que te parezca una estupidez pasar más tiempo conmigo, Rose, pero yo no comparto tu opinión. No me arrepiento de lo que ha pasado, en absoluto. Seguiremos en contacto, te lo aseguro.

Ella no contestó. Cerró la puerta del coche de un portazo y se dirigió derecha a la casa. Mientras lo oía alejarse en el coche, las lágrimas comenzaron a brotar.

Capítulo 9

GENE no había mentido cuando le había dicho a Rose que no lograba saciarse de ella. No era solo su sabor lo que le resultaba adictivo. Estaba deseando estar con ella, sobre todo, después de su encuentro en el despacho de Philip. Se le incendiaba la sangre cada vez que lo recordaba.

El hecho de que esa mujer estuviera convirtiéndose en una prioridad para él, era una amenaza para su forma de vida, reconoció para sus adentros. Diablos, ni siquiera había dedicado tiempo a pensar en la tienda de antigüedades. ¿Cómo era posible?

Sin embargo, la ansiada posesión de aquel edificio tan bien situado no le hacía sentirse satisfecho. Por alguna razón, se sentía vacío, como si todo por lo que había luchado siempre careciera, de pronto, de significado.

La historia de la madre de Rose, que había abandonado a su familia por un rico hombre de negocios, le había calado hondo. Era evidente que ella despreciaba a su padrastro. Sin duda, Gene podía tener muchas similitudes con ese hombre. Era posible que, incluso, lo conociera. El mundo de los negocios en el que se movía solo admitía a la élite, a los más ricos y poderosos. Quizá, el padrastro de Rose era uno de ellos.

De todas maneras, no era eso lo que le preocupaba. Era el hecho de que se sentía identificado con la madre de Rose. Se había comportado justo igual que ella cuando le había dado la espalda a sus seres queridos, creyendo que la vida sencilla de sus padres no era suficiente. Se había vuelto ambicioso y avaro y, al escuchar la historia de Rose, había comprendido algunas de las consecuencias negativas de sus actos.

Cuando les había comprado a sus padres una bonita mansión, había notado que ellos la habían aceptado con incomodidad.

–Es un regalo maravilloso, hijo, pero tu madre y yo preferiríamos saber que eres feliz con tu vida y tienes compañía. Eso nos gustaría más que el que nos compres una mansión. Nos gusta nuestra pequeña casa. Tiene muchos recuerdos... allí os criamos a tu hermana y a ti –le había dicho su padre en esa ocasión.

A Gene le dolía que sus padres nunca hubieran entendido lo mucho que él había sufrido al perder a su hermana, Francesca. Saber que la vida era tan precaria y efímera lo había conmocionado. Y la necesidad de proteger al resto de su familia a toda costa lo había llevado a buscar el éxito en el mundo de los negocios. Sin embargo, nunca había podido compartir con ellos sus sentimientos.

Después de la decepcionante recepción del regalo de la mansión, se había apartado de sus padres y se había encerrado en sí mismo para lamerse las heridas en soledad. Había intentado calmar su desazón comprando más restaurantes y apostando en el mercado de valores. Había recurrido a la única forma que conocía de protegerse del dolor.

Cuando la muerte se había llevado a Francesca, él había sufrido tanto como sus padres. De vez en cuando, recordaba el precioso rostro de su hermanita y se le rompía el corazón cuando pensaba que jamás la vería convertida en mujer, ni enamorada, ni con sus propios hijos.

Pero sus padres no sabían nada de eso. En los últimos años, Gene notaba que había perdido su respeto y su cariño. Sí, le decían que lo querían, pero cada vez que los visitaba adivinaba su decepción por el camino que había tomado en la vida. No tenían ni idea de cuál había sido la razón que lo había empujado a buscar el dinero y el éxito. Sin duda, creían que eso lo hacía feliz. Ignoraban el alto precio que había tenido que pagar para lograr sus ambiciones.

Cada noche, cuando regresaba a casa después de trabajar, una profunda sensación de soledad lo invadía. Él no tenía relaciones. Había tenido una larga sucesión de aventuras, por lo general, en hoteles de lujo que no habían tenido nada de hogareños. Además, despreciaba en secreto a las mujeres que lo entretenían, pues sabía que les interesaba más su dinero que el verdadero hombre que había tras él.

Al ver la casa de Rose esa noche, en un barrio corriente de Londres, con su césped arreglado y cuidadas flores en macetas, había envidiado su capacidad de conformarse con esa vida y no necesitar algo más grandioso. Para él, la idea de estar satisfecho con su vida era algo extraño. Y, aunque no se imaginaba a sí mismo viviendo en una pequeña casa adosada en un barrio cualquiera, ansiaba tener un hogar.

Pero no era solo eso. En su corazón, necesitaba tener a alguien que se preocupara por él, que no lo quisiera solo por lo que tenía, sino que quisiera conocerlo y dejarse conocer por él.

El deseo de llenar su vida le partía en dos. Solo había una cosa que podía darle placer: cocinar. Sin embargo, en la cocina de su precioso ático, mientras elegía las ollas y sartenes que iba a utilizar, no pudo evitar recordar la cena que había preparado para Rose en la isla.

Aquel se había convertido en uno de sus recuerdos favoritos. Sin embargo, pensar en ella le producía una sensación agridulce. La había dejado sola con la posibilidad de estar embarazada. Odiaba pensar que podía sentirse asustada o disgustada. Aunque sabía que era una mujer práctica y que, por eso, iba a tomar la píldora del día después, también sabía que era una persona muy sensible.

Frustrado por no poder estar con ella, tomó el móvil y marcó el número de un amigo que poseía la joyería más exclusiva de Bond Street. Después, contactó con un prestigioso florista. Si no podía disfrutar del placer de la compañía de Rose esa noche, al menos, haría algo para demostrarle que le importaba haberla puesto en una situación tan comprometida.

A la mañana siguiente, Rose se despertó tras una noche de insomnio con la llegada del más precioso ramo de rosas que había visto nunca. Mientras lo llevaba a la cocina para ponerlo en su jarrón favorito de cristal, el embriagador aroma de las flores impregnó toda la casa. ¿Había querido Philip darle las gracias de esa manera por ayudarle a vender la tienda de antigüedades?

Ante aquellos olorosos pétalos aterciopelados, Rose no pudo evitar pensar en Cleopatra, la reina del Nilo. La leyenda contaba que la reina acostumbraba a bañarse en leche con pétalos de rosa.

Dejando el ramo sobre la mesa, se agachó para inspirar su esencia un poco más. Entonces, vio la tarjeta que lo acompañaba, junto con una cajita de terciopelo rojo. Con el ceño fruncido, abrió el sobre y leyó lo que decía. El pulso se le aceleró al instante.

Al diamante oculto que nunca esperé encontrarme.

Gene.

¿Gene le había enviado flores? Su mensaje era tan inesperado como emocionante.

Embriagada, Rose sacó una silla y se sentó, porque las piernas parecían incapaces de sostenerla. Su cabeza se esforzaba en buscar una explicación. Entonces, abrió la cajita.

Sobre el interior de seda de color crema estaba el brazalete de diamantes más impresionante que ella había visto. Era de oro blanco y las piedras perfectas brillaban como el sol en agua cristalina. ¿Con qué intención le había enviado Gene una joya tan perfecta?

Cuando se lo probó, sintió el frío del metal, aunque su cuerpo ardía solo de pensar en quien se lo había enviado. Sin embargo, eran las palabras que había escrito en la tarjeta lo que más le impactaba. ¿Acaso quería decir Gene que ella era el diamante oculto que nunca había pensado encontrar? ¿Lo diría de corazón o sería solo una forma de halagarla?

De pronto, tuvo ganas de llorar, porque ansiaba con toda el alma que él se lo hubiera escrito en serio.

El teléfono sonó. Ella se apresuró a responder, pensando que podía ser del hospital. Philip todavía no había salido de peligro del todo.

Pero no era del hospital.

Era Gene.

–¿Rose? Soy yo.

Su seductora y viril voz hizo que a ella se le pusiera la piel de gallina. El brazalete de diamantes seguía reluciendo en su brazo.

–¿Qué pasa? –preguntó Rose con la boca seca. Su intención era sonar indiferente, como si no tuviera importancia que él la llamara a esas horas de la mañana, pero le temblaba un poco la voz.

–¿Cómo estás esta mañana?

–Yo... estoy bien.

–Me habría gustado que hubieras venido a casa conmigo.

–Hice lo que tenía que hacer. Estaba muy cansada. Han sido muchas emociones en poco tiempo.

–Por eso no debemos tomar decisiones precipitadas.

Rose lo escuchó respirar hondo y recordó el comentario que él había hecho sobre considerar sus sentimientos.

–Me preocupaba que pudieras lamentar lo que pasó ayer –continuó él.

Al recordar la pasión que se había apoderado de ella y la había empujado a entregarse en el despacho de su jefe, Rose sintió que le subía la temperatura.

–No lo lamento. Hicimos lo que hicimos y punto Pero, como te he dicho, no puede volver a repetirse –repuso ella, y respiró hondo, rezando para calmar sus nervios. Al instante, sin embargo, quiso retirar sus palabras–. Por cierto, gracias por las preciosas flores y por el regalo.

Rose llevaba puesta una bata de seda de color melocotón que complementaba a la perfección la sensualidad de la joya. De esa guisa, se sentía una persona diferente, una mujer mucho más sofisticada y hermosa de lo que era en realidad.

Pero no debía hacerse ilusiones de grandeza, se

reprendió a sí misma, ni sentirse especial por llevar un brazalete de diamantes. No era como su madre, cuya ambición por las cosas lujosas le había hecho dejar a su marido y a su hija.

–Me quedaré con las rosas, pero me temo que no puedo aceptar la joya.

Hubo un significativo silencio al otro lado de la línea.

–¿Por qué no? –preguntó él, exasperado–. Sé que te gustan las cosas bellas y quería regalarte algo que lo fuera. ¿Cuál es el problema?

–Es un brazalete de diamantes, Gene. Ese es el problema. Las piedras son increíbles y no es un simple regalo. ¿Crees que los hombres regalan cosas como esta a las mujeres todos los días? Quizá, en tu mundo, sí, pero no en el mío. Además, no confío en tus motivos. Mi ex solía hacerme bonitos regalos después de haber estado con otras mujeres a mis espaldas, para distraerme. Sé que no somos pareja, pero, si es eso lo que piensas hacer conmigo, Gene, te devolveré el brazalete para ahorrarte tiempo y dinero. Al menos, así sabemos a qué atenernos.

Cuando terminó su apasionado discurso, Rose se imaginó que él se limitaría a encogerse de hombros. Le resultaba difícil no derrumbarse y romper a llorar.

–Me parece que lo que pasó ayer te ha disgustado, Rose. ¿Por qué no comemos juntos y hablamos?

–¿Del colosal error que hemos cometido?

–¿De verdad crees eso? Nos dejamos llevar por una fuerza más poderosa que nosotros mismos, Rose, eso fue todo.

Ella se sonrojó.

–De todas maneras, no puedo quedar contigo a comer. Tengo demasiado trabajo.

–¿Quieres que te recuerde que trabajas para mí? Puedo darte todo el día libre, si quiero.

–Pero no quiero tener el día libre.

Cuando él hizo otro sonido de exasperación al otro lado del teléfono, ella se alegró de que no pudiera verla, pues tenía los ojos llenos de lágrimas.

–Quedemos para comer y no discutamos más –ordenó él–. Te daré el nombre del restaurante y nos veremos allí. Yo pagaré tu taxi.

Mirando absorta el reluciente brazalete, Rose se secó los ojos.

–Puedo pagarme un taxi.

–Debí imaginarme que dirías eso. ¿Te he dicho que eres la mujer más tozuda que he conocido?

–Más de una vez. Pero te sienta bien no salirte siempre con la tuya.

Gene se rio y el sonido de su risa llenó a Rose de calidez y le hizo contar los minutos... y los segundos que quedaban para volver a verlo.

Mientras seguía al maître a la mesa que Gene había reservado, Rose tuvo la sensación de que todos los presentes la observaban. En cuanto había mencionado las palabras «Eugene Bonnaire», todo el mundo había girado la cabeza para ver quién preguntaba por él.

La mesa ocupaba un lugar íntimo en el fondo del restaurante. Cuando Gene la vio llegar, se levantó para recibirla. Llevaba un traje negro y una camisa azul marino, con corbata azul de seda. Pero no fue su ropa lo que la dejó embobada, sino el irresistible brillo de sus ojos.

La temperatura de Rose subió de golpe mientras él la recorría con una mirada llena de voracidad, desnudándola con los ojos.

–Hola –murmuró él con voz ronca.

Ella se había quedado sin palabras.

El maître sonrió con discreción, les dijo que les daría unos minutos para examinar la carta y desapareció.

A pesar de lo turbada que se sentía, Rose no podía negar que había estado deseando verlo. Se había puesto para la ocasión su atuendo más sexy, una blusa plateada sin mangas y una minifalda negra con medias a juego y botas altas de cuero.

Había querido demostrarle a Gene que también podía ser chic y elegante y que no necesitaba vestirse de alta costura para ello. El conjunto resaltaba sus mejores atributos, una cintura estrecha, largas piernas y brazos bien torneados.

Lo cierto era que se sentía más femenina y deseable que nunca cuando estaba con él. Y quería que él lo comprendiera, al margen de lo que pudiera pasar con su relación.

–Estás preciosa.

Su cumplido le confirmó que había elegido la ropa adecuada.

–He oído murmullos de admiración cuando has entrado en el restaurante. Seguro que todo el mundo quiere saber quién eres.

–Gracias –repuso ella con una sonrisa, mirándolo a los ojos–. Tú tampoco estás mal.

Con una grave carcajada, él se acercó. Inclinó la cabeza como un caballero de otra época y la besó en la mejilla.

De inmediato, el contacto de sus labios hizo que a ella le temblaran las rodillas.

–Ven y siéntate a mi lado –susurró él–. No he podido dejar de pensar en ti –confesó, comiéndosela con la mirada.

–No sé si sería buena idea. Nuestra relación es solo profesional, ¿recuerdas?

–¿Eso crees? –replicó él con tono retador y una sensual sonrisa.

–No he venido a hablar de lo que ha pasado entre nosotros. Quiero que lo dejemos atrás y concentrarme en la venta de las antigüedades.

–Puedes hacerlo, aunque eso no quiere decir que no podamos vernos fuera del trabajo.

–¿Adónde quieres ir a parar, Gene? Ya te he dicho que prefiero que mantengamos las distancias. No me interesa convertirme en una de tus amantes esporádicas. A pesar de lo sucedido, no he cambiado de opinión.

Gene suspiró.

–Desde mi punto de vista, lo nuestro no tiene

por qué ser esporádico –continuó él con cierto tono de frustración–. De hecho, quiero que tengamos una relación como es debido.

Rose se sirvió un vaso de agua y se lo bebió casi entero. Le daba vueltas la cabeza.

–Eso es imposible. No acostumbras a tener relaciones serias. ¿Por qué ibas a hacer una excepción conmigo?

–Porque estoy cansado de negar el hecho de que quiero algo más, esa es la razón. Estoy cansado de aislarme. Hace meses que no veo a mi familia y estoy harto.

–¿Por qué no has ido a verlos?

–Porque estoy muy ocupado con el trabajo. Y porque parece que siempre meto la pata cuando estoy con ellos –reconoció con gesto agobiado.

Rose le tomó la mano. Su sincera confesión la había conmovido.

–No importa lo que haya pasado entre vosotros, seguro que hay una manera de arreglar las cosas.

–Quizá, en tu mundo, sí, Rose, pero no en el mío.

–¿Alguna vez les has dicho que tienes la sensación de que siempre metes la pata? Quizá ellos no están de acuerdo. Quizá solo están esperando que los visites y habléis las cosas.

Gene miró su delicada mano y, percibiendo su ternura, sonrió.

–Quizá. No lo había pensado.

–Entonces, no esperes más tiempo. Mi consejo es que vayas a verlos cuanto antes.

–¿Ves lo buena que eres para mí? Por eso, creo que debemos mantener una relación en serio.

Rose suspiró y apartó la mano. De nuevo, tuvo miedo de albergar demasiadas esperanzas.

–Yo no lo creo. Somos muy distintos, Gene. No importa lo mucho que nos atraigamos físicamente. Vivimos en mundos aparte. Una unión como la nuestra nunca funcionaría. Es mejor que mantengamos las distancias.

–¡Estás de broma! –exclamó él con una mueca–. Tal vez no quieras admitir que tengo razón, pero nunca podremos mantener las distancias. Eso sería como frotar una cerilla contra la caja y esperar que no se prenda fuego. Porque eso es lo que haces conmigo, Rose... me prendes fuego.

Rose adivinó que, entonces, iba a besarla. Y, de ninguna manera, ella iba a intentar evitarlo.

Capítulo 10

MIENTRAS devoraba la boca de su acompañante con voracidad, Gene se asustó de la fuerza de su propio deseo. Le daba miedo necesitar a una mujer de esa manera. Le hacía sentirse vulnerable e indefenso.

Aun así, no podía apartarse de ella.

Sería como negarse el oxígeno que respiraba.

Mientras sus lenguas se entrelazaban, ella gimió de placer. Gene la tomó entre sus brazos y se excitó todavía más al notar su cuerpo esbelto junto al pecho. Tenían que haber quedado en su casa en vez de en el restaurante, se dijo. Al menos, así podía haberla arrastrado a la cama para continuar lo que habían empezado en la isla.

Poseer a Rose en la tienda de antigüedades había sido una de las experiencias más eróticas que él había experimentado y su recuerdo no hacía más que incendiar sus ganas de ella todavía más. Ni siquiera le amedrentaba pensar que habían tenido sexo sin usar protección.

Pero no quería hablar de ese tema.

–Ahora, ¿te das cuenta de por qué no es posible que mantengamos las distancias? –preguntó él, mirando el bello rostro sonrojado de su amante–. Nos gustamos demasiado.

Aunque los ojos de ella estaban llenos de deseo, también reflejaban incomodidad. De inmediato, se apartó de sus brazos y se sentó un poco más alejada.

–Bueno, entonces es mejor que no nos veamos en absoluto. No deberíamos habernos acostado. El sexo no hace más que confundir las cosas. Siempre trae problemas.

Sus palabras le recordaron a Gene que ella había sufrido a causa de su última relación. No era raro que desconfiara tanto de los hombres.

–Ya te he dicho que eso no nos va a pasar a nosotros. Es cierto que he salido con muchas mujeres, pero nunca he mentido a ninguna respecto a mis intenciones. Por eso he querido ser franco contigo y confesarte lo que siento. No soy como tu exnovio y no te dejaré en la estacada como hizo él. ¿Puedes confiar en lo que sentimos a ver adónde nos conduce?

Rose apartó la vista un momento.

–Podría, pero es difícil, porque te pareces en muchas cosas a mi ex. Él también daba prioridad a su trabajo y su ambición y también hacía lo que le apetecía, porque se sentía con derecho a ello. Cuando descubrí que me había estado siendo infiel, me sentí muy estúpida. Por eso, no puedo confiar en mis sentimientos y no puedo confiar en los hombres como tú, Gene.

–Solo porque se parecía a mí y te hizo daño, no

significa que yo vaya a comportarme igual. Al menos, dame la oportunidad de demostrártelo.

–Es un riesgo que no quiero correr. En cualquier caso, tengo que centrar mi atención en buscarme un nuevo empleo y tú tienes que...

A pesar de su frustración y su excitación, Gene tenía curiosidad porque ella terminara la frase.

–Continúa. ¿Qué tengo que hacer?

–Olvídalo. Yo no sé nada de ti. Nuestras vidas son muy distintas.

–Es obvio que tienes una opinión, así que por qué no me la cuentas.

Atrapada, Rose soltó un suspiro.

–De acuerdo, pero no te va a gustar. Lo nuestro no puede funcionar. La forma en que vives la vida es completamente extraña para mí y creo que te sentaría bien poner los pies en el mundo real de vez en cuando.

Gene adivinó que no iba a ser agradable lo que le quedaba por escuchar, pero la animó a seguir de todos modos.

–¿Y qué más?

–Bueno... dicen que puedes conseguir todo lo que quieras y a ti te gusta el poder que eso te da. Me di cuenta desde el primer momento en que te conocí. Había belleza por todas partes a tu alrededor, pero fuiste incapaz de apreciarla. Lo único que veías era un edificio bien situado que querías adquirir a cualquier precio. Pero deja que te pregunte algo. ¿No tienes ya bastantes propiedades? Ni siquiera disfrutas lo que tienes porque siempre estás buscando más. Debe de ser difícil para la gente que te quiere, porque no puedes centrarte en cuidar esas relaciones... pues nunca estás satisfecho con lo que tienes. Me has dicho tú mismo que llevas meses sin ver a tus padres y comprendo que eso te duele. Quizá, deberías tratar de arreglar esa relación primero, antes de intentar estar con una mujer. La verdad es que siento lástima por ti... porque tu riqueza te ha impedido reconocer las cosas que realmente importan en la vida.

Gene nunca se había quedado tan perplejo como en ese momento. Las apasionadas palabras de Rose le habían calado hondo... y le molestaban. Le dolían y... estaba furioso.

–¿Qué significa eso de que debería poner los pies en el mundo real? –preguntó él, tratando de controlar su rabia–. ¿Crees que he nacido rico y no sé lo que es trabajar duro para poder comer? Mis padres eran inmigrantes y provenían de familias muy pobres. Llegaron aquí, se mataron a trabajar y pudieron fundar su propio restaurante, sin ayuda de nadie. Cuando tuve edad suficiente, comencé a ayudarlos y me enseñaron a cocinar. Cuando me di cuenta de que se me daba bien, decidí que quería triunfar en la vida. He trabajado mucho para realizar mis sueños, por eso mi familia y yo nunca volveremos a pasar hambre. ¿Crees que debo disculparme por eso? ¡Ni hablar!

Ella frunció el ceño.

–Es encomiable que hayas hecho tus sueños realidad y, por supuesto, no creo que debas disculparte por tus logros. Estoy segura de que tus padres están orgullosos de ti. Pero ¿nunca has pensado que también importan algunas cosas de la vida que no se compran con dinero?

–¿Como qué? –le espetó él, irritado–. Que yo sepa, no hay nada gratis. Por suerte, siempre he comprendido que sin dinero no se llega a ninguna parte.

–¿Y qué me dices de la capacidad de mantener relaciones y experimentar el amor? ¿Crees que también hay que pagar por eso?

–El amor es de tontos –repuso él–. Es demasiado fácil perder. A mí me gustan las cosas que se pueden tocar.

Nada más hablar, por la mirada de Rose, Gene supo que acabaría lamentando su cínica respuesta.

–¿Significa eso que nunca te vas a arriesgar a amar a nadie?

–Deja que te haga yo una pregunta, Rose. ¿Es tu madre bonita? Seguro que sí. Tu rico padrastro debió de verla como otra propiedad que adquirir y ella pensó que él la cuidaría mejor porque era rico. El amor no tiene nada que ver con eso. Quizá desprecias a ese hombre, pero fue un acuerdo de satisfacción mutua entre ambos y los dos salieron ganando.

Herida, Rose se puso en pie, tomó el bolso y lo apretó contra su pecho como si fuera un escudo.

–No lo desprecio. Odio que usara su riqueza para robarle mi madre a mi padre. Sí, sé que ella no fue del todo inocente. Pero nunca admiraré a nadie que use su dinero para una cosa así... sin importarle a quién dañe por el camino –le espetó ella–. Aunque me da igual lo que pienses. Apenas me conoces a mí... y menos a mi familia.

Gene se levantó también, cruzándose de brazos.

–Tienes razón. ¿Cómo voy a conocerte cuando no confías en mí y no dejas que me acerque?

A ella le temblaron los labios. Parecía a punto de romper a llorar. Aunque deseó consolarla y abrazarla, Gene se contuvo.

En esa ocasión, los comentarios de Rose lo habían herido en lo más hondo. Le había dolido que lo acusara de dar prioridad a su ambición por encima de las personas que lo querían. Le dolía porque sabía que era verdad. Le había hecho entender lo que había sucedido con sus padres y cómo su ansia de tener éxito había creado un abismo entre ellos, que cada día se hacía más insalvable.

–Creo que es mejor que me vaya –murmuró ella.

–¿Por qué? No pensaba que fueras una cobarde.

–No lo soy. Pero creo que no tiene sentido. Ninguno de los dos nos sentimos bien.

–Es verdad –repuso él, incapaz de poner en orden sus pensamientos.

–Una cosa más, antes de irme...

Invadido por el dolor y una terrible sensación de vacío, Gene se quedó mirando cómo sacaba la cajita de la joyería del bolso y la ponía sobre la mesa.

–Estoy segura de que tus intenciones eran buenas, pero no puedo aceptarlo –dijo ella con suavidad.

Luego, con sus ojos violetas brillantes por la emoción, se dio media vuelta y se fue.

Cuando Rose llegó al hospital a ver a Philip, ya era tarde y solo quedaba media hora para las visitas. Al acercarse a la cama, lo vio ojeando un catálogo de antigüedades.

Todavía tenía el corazón agitado por lo que había pasado en el restaurante. Gene tenía que haber sido de piedra para no dejarse afectar por las verdades que le había echado en cara. Ella no había querido ser cruel. Pero había querido dejarle claro que no pensaba mantener una relación insustancial con él.

Por eso le había regalado el brazalete. Tal vez, él estaba acostumbrado a hacer regalos caros para pagar a las mujeres por tener sexo con ellas. Rose sentía algo demasiado profundo por él y, de ninguna manera, estaba dispuesta a comportarse como si su relación fuera algo que se pudiera comprar con bienes materiales.

–Rose... ¡qué alegría verte!

–Lo mismo digo –contestó ella, y se inclinó para besar a Philip en la mejilla–. Siento no haber llegado antes, pero perdí la noción del tiempo. He estado hablando con mis contactos para vender el resto de las antigüedades. Esta tarde, no me ha ido tan mal, por lo menos.

Sin mucho entusiasmo, Rose se sentó en una silla junto a la cama. No tenía ganas de sonreír, aunque se esforzó en hacerlo. Del bolso, sacó la bolsa de uvas que le había comprado a su jefe.

–Sé que te gusta más el chocolate, pero esto es más sano. La próxima vez, intentaré pasar algo de chocolate sin que me vean los médicos, ¿de acuerdo? ¿Qué te han dicho hoy?

El tiempo pasó volando y ya era casi la hora de marcharse cuando Rose decidió compartir con su jefe lo que más le preocupaba.

–¿Philip? ¿Puedo contarte algo? Es personal.

–Claro que sí. ¿Tiene que ver con la tienda? ¿Te resulta demasiado difícil vender las antigüedades y ocuparte de todo antes de que Bonnaire tome posesión del edificio?

Solo de oír mencionarlo, a Rose se le encogió el corazón. Se preguntó si, después de lo que había pasado, volvería a verlo. ¿Y si Gene decidía mandar a su secretaria a darle los recados para no tener que reunirse con ella nunca más?

Se le partía el corazón de pensar que él pudiera olvidar con tanta facilidad el apasionado encuentro que habían tenido en el despacho de Philip.

Sin embargo, Gene le había confesado en el restaurante que no podía arriesgarse a amar a nadie. Y eso la llenaba de tristeza. Si había albergado la secreta esperanza de que pudiera llegar a quererla, él la había hecho trizas.

–No, eso no es ningún problema. Quería hablarte de algo mucho más personal.

En silencio, Philip esperó a que la hija de su mejor amigo continuara. Mirándolo a los ojos, ella se dijo que podía confiar en él, que la comprendería y no la juzgaría.

–Yo... me he enamorado de alguien.

–¿Estás enamorada, Rose?

Ella asintió con labios temblorosos y el alma en los pies.

Philip sonrió feliz.

–Eso es maravilloso. ¿Quién es el afortunado?

–No es necesario que te diga su nombre. Es mejor que lo mantenga en secreto por ahora, si no te importa. Solo puedo decirte que es alguien que no me conviene en absoluto.

–Pero eso no te ha impedido sentir algo por él señaló Philip con suavidad.

–No –admitió ella, sorprendida por su comentario–. Aunque es totalmente opuesto a mí. Yo misma no entiendo por qué me gusta.

Philip se quedó pensativo.

–Algunas personas se enamoran poco a poco, según se van conociendo. Para otras, es algo instantáneo y nada más ver a alguien por primera vez saben que quieren pasar con él el resto de su vida. Y hay a quien le toma por sorpresa, justo cuando piensa que nada puede desviarle de su camino. A mí me da la sensación de que tú perteneces al tercer tipo, Rose.

–Es verdad. Yo nunca quise enamorarme, sobre todo, después del desengaño con Joe. ¿Lo recuerdas? Pero ahora ya no sé qué hacer, ni sé lo que está bien o mal. Amar a este hombre no puede ser lo correcto. Me hace sentir tan culpable... como si estuviera decepcionando a todo el mundo.

–¿Sí? ¿A quién crees que estás decepcionando?

–A ti, Philip. Has hecho mucho por mí y yo...

–Tesoro... –dijo el anciano, tomándole las manos–. Actúas como si hubieras cometido algún terrible crimen. ¿Desde cuándo enamorarse es un delito? Tus sentimientos son solo asunto tuyo. Sí, la gente que te quiere solo desea lo mejor para ti, pero eso ya lo sabes tú. Creo que es mejor arriesgarse a amar que huir por miedo a decepcionar a los demás y pasar el resto de tu vida lamentándote por lo que no te atreviste a hacer.

–Hablas como si lo hubieras experimentado tú mismo –observó ella, perpleja–. ¿Alguna vez te apartaste de alguien por miedo a lo que la gente pensara?

El anciano asintió despacio, lleno de tristeza.

–No fue solo por eso. Fue también porque preferí centrarme en mi carrera, antes que lanzarme con ella a lo desconocido. Era pintora, bastante notable. Era diez años menor que yo y quería viajar por el mundo para inspirarse con todo tipo de paisajes. Decía que no tenía tiempo para dedicarse a un trabajo estable, casarse y vivir de una manera convencional. Era un espíritu libre.

Philip tosió y apartó la vista un momento con los ojos empañados por la emoción.

–Se llamaba Elizabeth y la amaba más que a la vida.

–¿Esa es la razón por la que nunca te casaste?

El anciano asintió.

–Nunca quise a nadie más que a ella. Por eso, tú debes seguir los dictados de tu corazón, Rose. No tienes que sentirte culpable. No seas como yo o te pasarás toda la vida sufriendo por lo que podía haber sido y no fue. Estoy seguro de que, si tu padre estuviera aquí, te aconsejaría lo mismo.

–¿Y qué pasó con Elizabeth? ¿Volviste a verla?

–Por desgracia, no. Me dijo que era mejor que no siguiéramos en contacto. Solo rezo por que siga disfrutando de sus pinturas y de sus viajes. Me hace feliz imaginármela haciendo lo que le gusta.

Con cariño, Rose le dio un beso en la mejilla.

–Gracias, Philip. Me has ayudado mucho con tus palabras. Siento como si me hubiera quitado un peso de encima. Ahora tengo más esperanza de que las cosas salgan bien. Aunque todavía me asusta que él no sienta lo mismo que yo.

–No creo que debas tener miedo por eso.

–Gracias. Eres genial para subir la autoestima, ¿lo sabías?

En la puerta, una enfermera con gesto severo le indicó que había terminado la hora de las visitas.

–Es mejor que me vaya –dijo Rose, mirando a su jefe– Te llamaré y te contaré cómo va todo. Avísame cuando sepas cuándo te van a dar el alta, ¿de acuerdo?

–Claro. Ahora ve con tu hombre misterioso. Quizá, algún día quieras decirme su nombre. Mientras tanto, dile de mi parte que la fortuna le sonrió el día que puso los ojos en ti.

Lo primero que Gene vio cuando abrió los ojos a la mañana siguiente fue la cajita roja de la joyería. La noche anterior, la había dejado sobre la cómoda de su dormitorio.

¿Tenía Rose idea de lo mucho que le había humillado al juzgarlo por la vida que llevaba? ¿Sabía lo mucho que lo ofendía que le hubiera tirado su regalo a la cara? ¿Acaso el mensaje que le había escrito en la tarjeta no había significado nada para ella?

Al volver de su encuentro del día anterior, se había dedicado a llamar a los mejores reformistas de interiores que conocía para hacer planes para su nueva adquisición junto al río. Como había previsto, todos habían estado deseando trabajar para él.

Al final, cuando había estado agotado, se había dejado caer en la cama y había dormido con la ropa puesta.

Sin embargo, ni siquiera en sueños había podido quitarse a Rose de la cabeza, ni su hermoso rostro, ni sus increíbles ojos violetas.

Estaba enamorado de ella sin remedio, por primera vez en su vida. Pero, en vez de alegrarle, le llenaba de angustia que el objeto de su afecto fuera una mujer que ni lo quería ni lo valoraba.

A Rose no le impresionaban ni su riqueza, ni su

poder. De hecho, para ella eran cualidades negativas.

Era completamente distinta de las demás mujeres que él había conocido. Lo único que quería de él era que mirara a su alrededor y reconociera lo que de verdad era importante, las cosas que podían adquirirse sin precio, como la naturaleza, la belleza o la posibilidad de estar junto a alguien especial.

Nada que Gene hiciera podía convencerla de que, tras su fachada de riqueza y poder, era en el fondo un buen hombre que había tomado decisiones equivocadas.

Tras la muerte de su hermana, había sentido la urgencia insaciable de hacer dinero para asegurar el futuro de sus padres y el suyo propio. Aunque había empezado a hacerlo por una buena causa, su ambición se había convertido en una adicción. No conocía la paz. Lo único que hacía era trabajar. Tenía que invertir demasiada energía en mantener su posición y, por eso, no tenía tiempo para mantener relaciones.

Se había hecho construir un refugio con la esperanza de poder afrontar a solas su dolor y, algún día, poder curar su insaciable ansia de tener siempre más.

Si, al menos, pudiera confiar en Rose y explicarle el porqué de su adicción... Si pudiera contarle que su ambición había sido solo una manera de sobrevivir a la pérdida de su hermana, que había muerto con solo tres años... Había sido la niña mimada de la familia y nadie había podido olvidarla.

Hundiendo la cabeza entre las manos, Gene intentó pensar en algo. La única solución que se le ocurría para recuperar la ilusión era conquistar a Rose. Porque la mera idea de vivir sin ella le resultaba demasiado insoportable.

Capítulo 11

ROSE había retrasado su llamada a Gene hasta terminar el trabajo. Aunque no había sido más que una excusa, porque lo cierto era que le asustaba que él no quisiera hablar con ella, después de cómo le había hablado en el restaurante. Tal vez, él había decidido que no necesitaba soportar a una mujer que dijera lo que pensaba.

Cuando, por fin, tomó el teléfono y lo llamó, estaba tan nerviosa que sentía náuseas.

–El señor Bonnaire no ha venido hoy a la oficina –le informó su antipática secretaria.

–Bueno, si no está en la oficina, ¿puede decirme dónde encontrarlo? No responde al móvil.

–No, me temo que no.

–¡Pero es importante!

–Si el señor Bonnaire hubiera querido que usted lo contactara, me habría dejado instrucciones, señorita Heathcote. Solo puedo decirle que no quiere que nadie lo moleste hoy.

–Pero...

–Adiós, señorita Heathcote.

Rose empezó a preocuparse. Solo de pensar que

no iba a tener la oportunidad de arreglar las cosas con Gene se le encogía el estómago. ¿Por qué había esperado tanto para llamarlo? ¿Y si él estaba de viaje de negocios y no volvía hasta días o semanas después?

Incapaz de sentarse, se fue a preparar té, tratando de pensar qué hacer. Justo cuando iba a darle un sorbo, se le ocurrió la respuesta. Sabía exactamente qué hacer.

Llena de determinación, se bebió el resto de la taza de té, agarró el abrigo y el bolso y apagó las luces. Después de cerrar la puerta de la tienda con llave, tomó un taxi y le pidió que la llevara a la estación.

Mojada y salpicada por las olas en el turbulento viaje en barco, Rose se atusó el pelo y se subió las solapas del impermeable con dedos helados. Era imposible hablar con Rory con el ruido del viento y el barco sobre las olas.

–Hoy el mar está embravecido, Rose. ¿Seguro que quieres cruzar? –le había advertido el barquero antes de partir.

–Si tú estás dispuesto a arriesgarte, yo también –había respondido ella–. Pero no quiero que lo hagas si de veras crees que es peligroso.

–He surcado mares peores y vivo para contarlo –había respondido el muchacho con una sonrisa–. Pero lo que quieres decirle al señor Bonnaire debe de ser muy importante si estás dispuesta a arriesgar la vida para hacerlo. ¿Sabe él que llegas?

Así que había acertado cuando su intuición le había dicho que Gene estaría en la isla, se dijo Rose con un suspiro de alivio.

–No. Digamos que quiero darle una sorpresa.

–No creo que sea la clase de hombre al que le gusten las sorpresas, pero seguro que hará una excepción contigo. Es un hombre, a pesar de las mentiras que cuenta la prensa.

Tal y como había prometido, el barquero llevó a Rose a la isla sana y salva. Incluso esperó a que subiera el primer tramo más escarpado de la colina y se ofreció a volver a pasarse por allí esa tarde, «por si acaso».

Aunque estaba helada y calada hasta los huesos, Rose no se paró ni siquiera a pensar. Estaba demasiado nerviosa.

Al acercarse al singular edificio de cristal, una extraña sensación de bienvenida la invadió.

Mirándose a sí misma, deseó tener mejor aspecto. Pero eso poco importaba, siempre que Gene se alegrara de verla. Porque, si no le gustaba la sorpresa...

Rose no quería ni pensarlo.

Al llegar a la entrada, llevó la mano al sensor y, para su alivio, la puerta se abrió. Cuando entró en el vestíbulo, la puerta automática volvió a cerrarse. ¿Cómo podía avisar a Gene de que había llegado? ¿Debería llamarlo? ¿O entrar y buscarlo sin más?

Insegura, se quitó los zapatos y se dirigió hacia el salón. Al acercarse, la envolvió el tentador aroma del francés.

–Vaya, vaya, vaya. Mira lo que nos ha traído la marea.

Gene estaba parado ante los ventanales. Despacio, se giró hacia ella. Sus ojos azules no mostraban ni un ápice de sorpresa, como si la hubiera estado esperando.

A Rose se le cayó el bolso del hombro, pero no se molestó en recogerlo.

–Es la segunda vez que me dices eso –observó ella, tiritando de frío.

–¿Ah, sí? –dijo él, acercándose con una sonrisa–. Tendré que buscarme nuevas frases.

–No pareces sorprendido. ¿Cómo sabías que iba a venir a buscarte?

–Algunas cosas son difíciles de explicar, pero dejemos eso para después. Ahora necesitas quitarte la ropa mojada y darte una ducha caliente.

–Sí... –admitió ella–. Pero ¿y tú, Gene? ¿Qué necesitas tú?

–Lo que yo necesito es acompañarte –repuso él, gratamente sorprendido por su pregunta–. Si te parece bien.

En silencio, Rose asintió.

Cuando Gene la rodeó con un brazo con gesto protector por la cintura, ella se dejó llevar al dormitorio, sintiéndose como en una nube.

El baño del dormitorio principal tenía el suelo de baldosas azules y espejos de cuerpo entero en todas las paredes. Gene abrió el grifo del agua caliente y, al momento, todo se empañó de vapor perfumado.

Sin tener tiempo para pensar, Rose se entregó a lo que su cuerpo sentía y no opuso resistencia alguna cuando él se acercó para quitarle el impermeable.

Después, prenda por prenda, la fue desnudando, observándola con intensa concentración. Ella todavía temblaba, pero no era de frío.

Después de quitarle la ropa interior, la atrajo contra su cuerpo.

–Bésame –ordenó él.

Rose obedeció sin dudar. Sus bocas se unieron con pasión, convirtiéndose al instante en un fuego de urgencia y deseo. Mientras él la devoraba, ella le quitaba la ropa con ansiedad.

Cuando estuvo desnudo, Rose se paró un momento a contemplar su masculina belleza. Su poderosa erección delataba su estado de excitación. Apenas podía esperar para poseerla... y ella, tampoco.

–Hazme el amor en la ducha, por favor –susurró ella, lanzándole los brazos al cuello.

Gene tomó un paquete de preservativos de los pantalones que estaban en el suelo y la levantó en el aire, haciendo que lo rodeara con los muslos por la cintura.

–No quiero que vuelvas a preocuparte por quedarte embarazada.

–¿Te sorprendería saber que consideré la posibilidad de no tomar la píldora del día después? –reconoció ella en voz baja.

–¿Por qué?

–Es mejor que lo hablemos después.

–Bien –susurró él–. Ahora solo quiero que pienses en el placer que voy a darte, cariño.

Gene la derritió con otro beso incendiario y la llevó a la ducha caliente.

La primera vez, la penetró con fuerza y ella gritó de placer mientras el agua caía a raudales por su pelo y sus pechos. Enseguida, ella fue incapaz de contenerse y llegó al clímax entre sus brazos. Abrumada por la sensual marea que poseía su cuerpo, sintió que se le llenaban los ojos de lágrimas de alegría. Acto seguido, con un gemido gutural, su amante se quedó paralizado con el orgasmo.

Durante un rato, ambos se quedaron sin palabras. Luego, él la miró a los ojos y la colocó con cuidado sobre sus pies. Incluso en el vaho que los envolvía, Rose vio que sus ojos brillaban como nunca los había visto brillar antes.

–Llevamos media hora juntos, ángel mío, y todavía no te he dicho lo hermosa que eres.

Suspirando de satisfacción, Gene la abrazó con fuerza y la besó en los labios con infinita ternura.

–Te prometo que voy a compensarte por eso, cariño. Para empezar, quiero que sepas que eres una mujer sexy y preciosa. No sé qué te ha traído a mí, pero estoy muy agradecido por ello.

Con una cálida sonrisa, ella le quitó un mechón mojado de pelo de la frente.

–No podría haberme mantenido apartada, Gene. ¿Acaso no lo sabes?

Moviendo la cabeza, él la besó en la mano.

–Cuando me dejaste en el restaurante, después de decirme esas cosas, me quedé hundido –reconoció él–. Pero estaba furioso solo porque eras la única persona que se había atrevido a decirme la verdad.

–No era mi intención herirte.

–Lo sé. Pero tenías que hacerlo, Rose. Estaba viviendo un infierno y tú has venido a liberarme. Quizá, ahora tenga la oportunidad de redimirme.

–Sequémonos y vamos a la cama –propuso ella–. Cuando te tenga entre mis brazos, te diré lo que siento por ti, Eugene Bonnaire –añadió con una seductora sonrisa.

La segunda vez que la poseyó, Gene se tomó su tiempo para saborear cada detalle y cada momento. Al verla tumbada desnuda sobre las sábanas de seda, se preguntó cómo podía haber encontrado hermosa a cualquier otra mujer. En todas sus conquistas, había faltado siempre el ingrediente esencial: la conexión especial que sentía con Rose. Con ella, su corazón se llenaba de felicidad y de esperanza.

–Dijiste que habías pensado en no tomar la píldora del día después. ¿Por qué? –le volvió a preguntar él, sumergiéndose en sus mágicos ojos violetas.

–No pude evitar preguntarme cómo sería un hijo nuestro –repuso ella, devolviéndole la mirada–. Y, por primera vez en la vida, me di cuenta de que quería tener hijos. Quiero tener una familia.

–¿De veras?

–Si apareciera el hombre adecuado, no me lo pensaría dos veces.

Intentando no delatarse con una sonrisa de alegría, Gene suspiró.

–¿Y ha aparecido?

–¿Tú qué crees?

Como respuesta, Gene depositó en su boca un beso lleno de fuego.

–Por curiosidad... ¿cómo sabías que estaría en la isla? –quiso saber él.

–Por intuición. Presentí que estarías aquí, esperándome. Ni siquiera perdí el tiempo en preparar una bolsa de viaje. Lo único que me preocupaba era que no quisieras perdonarme.

–¿Perdonarte por qué?

–Por haberme tomado la libertad de decirte dónde te estabas equivocando –contestó ella con una mueca–. Yo no soy quien para juzgarte. Ya cometo bastantes errores por mí misma.

–¿Ah, sí? –preguntó él con tono provocador–. ¿Qué errores?

–Para empezar, me esfuerzo demasiado en pensar qué es lo correcto. No me permito vivir ni confiar en mi corazón. Mi padre también tenía dificultades para confiar. Tenía tanto miedo de que yo fuera como mi madre que me educó con estrictas normas sobre cómo debía comportarme.

–¿Temía que un millonario sin escrúpulos te sedujera y te arrastrara a vivir una vida vacía, pero llena de lujo? –inquirió él, sin poder ocultar un tono de amargura.

–No me he enamorado de tu riqueza –repuso ella, acariciándole el hombro con ternura–. Me he enamorado del hombre que hay en tu interior. Te quiero a ti, Gene, y a nadie más.

A Gene se le aceleró tanto el corazón que apenas pudo pensar. Estaba escuchando las palabras que nunca pensó escuchar.

–¿Me quieres?

–¿Acaso lo dudas?

–No dudo de ti, Rose. Lo que pasa es que me sorprende... y me encanta. La verdad es que no creo que sea una persona muy digna de amor. Mis propios padres me rechazan. No creas que me autocompadezco, solo quiero ser realista.

–No creo que tus padres te rechacen. Es imposible que no te quieran. El amor de un padre es incondicional, ¿no?

Él se encogió de hombros.

–Me dicen que se preocupan por mí, pero ellos a quien querían era a mi hermana.

–¿Tenías una hermana?

–Sí...

En vez de bloquear sus sentimientos de dolor, como solía hacer, Gene los dejó fluir. Recordó la alegría que había sentido siempre junto a su hermana y su deseo de protegerla con su vida. Sin embargo, no había sido capaz de salvarla de la enfermedad.

–Se llamaba Francesca –continuó él con una

sonrisa de amargura–. Murió con solo tres años, después de una corta enfermedad.

Rose se quedó petrificada.

–Gene, lo siento mucho. ¿Qué edad tenías tú?

–Nueve años.

–Tus pobres padres... Debisteis de quedaros todos hundidos.

–Sí. Todavía lo estamos. Por eso, yo decidí hacer todo lo posible para que a mis padres nunca les faltara dinero. Por desgracia, las cosas se me fueron de las manos. Me volví adicto a la ambición y al éxito. Pensé que eso me protegería del fantasma de la pérdida. Pero, como me dijiste en el restaurante, me volví incapaz de ver el límite.

–Oh, mi amor...

Ella lo besó con ternura y, al sentir la sinceridad de su cariño, a él le dio un vuelco el corazón.

–Yo también te amo, Rose. Es una tortura imaginarme la vida sin ti.

–Lo último que quiero es torturarte –repuso ella, y lo abrazó y lo besó de nuevo–. Quiero pasar el resto de mi vida haciéndote feliz. Y contarle a todo el mundo lo bueno y amable que eres. Estoy orgullosa de ti.

–Ya que lo dices, quiero que me acompañes cuando vaya a hablar con mis padres. Quiero compartir con ellos mis sentimientos y explicarles por qué me fui distanciando de ellos. También deseo contarles cómo me sentí cuando perdimos a Francesca. Y además...

–¿Sí?

–Quiero decirles que he conocido a la mujer de mis sueños.

–Me vas a hacer llorar... –susurró ella con emoción.

–Quiero pedirte algo más.

–¿Qué?

–Quiero que te quedes con el brazalete que te regalé. Si lo aceptas y aceptas la intención con que te lo di, sabré que amas al verdadero Gene Bonnaire. He cometido muchos errores, pero no pienso dejarte marchar. Eres más valiosa que cualquier logro material que pueda conseguir. Espero que algún día quieras ser mi mujer y la madre de mis hijos.

Rose estaba llorando.

Y Gene la abrazó en silencio hasta que el llanto cesó, sin parar de decirle lo mucho que la amaba.

–¡Sí! ¡Me casaré contigo! –exclamó ella al fin con los ojos brillándole como diamantes.

Epílogo

ROSE había decidido darle una sorpresa a su marido. Habían quedado para comer con los padres de él y la madre y el padrastro de ella, pero pensó que era mejor ir a buscarlo a la oficina e ir juntos.

Las cosas habían cambiado mucho en poco tiempo. Gene se había reunido con su familia y ella estaba reconstruyendo la relación con su madre. Hacía pocas semanas, se habían casado en una preciosa iglesia gótica de Kensington. Ni siquiera la presencia de los paparazzi había estropeado el día.

Acercándose por el pasillo hacia su despacho, Rose sintió mariposas en el estómago. Todavía no podía evitar emocionarse ante la perspectiva de ver al hombre que amaba. Su apasionada relación había sido un sueño hecho realidad.

–Señora Bonnaire, buenos días. ¿La espera el señor Bonnaire?

Martine, la nueva secretaria, una amable mujer de mediana edad, se mostró sinceramente complacida de verla. No era ningún secreto que se alegraba de que su atractivo jefe hubiera encontrado, por fin, al amor de su vida.

–No, Martine. No me espera. Pero, si no está ocupado, me gustaría verlo –respondió ella, rezando por que Gene no estuviera en ninguna reunión.

–Por supuesto.

Después de llamar con suavidad a la puerta, Rose entró en el espacioso y bonito despacho. Él se giró para recibirla.

–Sabía que tenías que ser tú, mi amor. Reconozco tu forma de llamar a la puerta con esa suavidad –dijo Gene, y la abrazó.

–Ya sé que habíamos quedado en el restaurante, pero...

–¿Pasa algo?

–No pasa nada malo. Es que tenía muchas ganas de verte. ¿Te importa?

–Sabes que te necesito más que el aire que respiro. Además, te has puesto ese vestido rojo que me encanta.

Gene le acarició el cuello, envolviéndola con su calor. Al instante, ella se derritió.

–¿Qué te parece si cierro la puerta con llave y corro las cortinas? Podemos dejar para otro día la cita para ir a comer...

–Pero hemos quedado con nuestros padres, ¿recuerdas? –replicó ella con una sonrisa–. Además, quiero decirte algo antes.

–Soy todo oídos –dijo él, y la besó con suavidad en los labios.

–Estoy embarazada. ¡Vamos a tener un bebé, Gene!

–¿Estás segura? –preguntó él con los ojos radiantes de emoción.

–Me he hecho la prueba esta mañana y ha dado positivo –afirmó ella con el corazón a toda velocidad.

–*Mon Dieu*... ¡Voy a ser padre! Vamos a ser padres. Es lo más maravilloso que he oído nunca, mi amor.

Gene la abrazó y la besó con pasión. Sin separarse de ella, apretó un botón en su escritorio para cerrar la puerta con cerrojo y otro para bajar las persianas. Despacio, le bajó a su esposa la cremallera del vestido.

–Creo que tenemos tiempo de hacer el amor antes de ir a comer. A nuestros padres no les importará que lleguemos tarde, sobre todo, cuando les digamos que van a ser abuelos.

–¿Tienes idea de cuánto te quiero, Gene? –le dijo ella, mirándolo con los ojos llenos de lágrimas de felicidad.

Él esbozó un gesto serio.

–Si se parece en algo a lo que yo siento por ti, Rose, entonces soy el hombre más afortunado del mundo.